集英社文庫

# 大阪の神々

わかぎゑふ



集英社版

# 大阪の神々◎目次

# その一◎阪神タイガース

大阪は日本の中でもかなり奇妙な土地だ。と、いうか日本ばなれした都市である。

以前、トルコを旅行した時、カッパドキアという町の絨毯《じゅうたん》屋さんと話をしていたら「日本のどこの人か？」と聞かれた。

「大阪ですけど」

と、私が答えると、彼は急に「じゃあ日本人じゃないね」と言い出した。なんでトルコに来て大阪だと言うと、日本人じゃなくなるのか、奇妙な展開だった。

ところが、トルコ人は「日本の人はね、日本人と大阪人に分かれるの。日本人はみんな買い物をしてもあまり喋《しゃべ》らないし、値切らないのね、そして暗いの。みんな何か聞くと迷惑そうにする。でも大阪人は別。喋ってくるし、買い物も好きだし、値切ってくるから楽しいね」と力説した。

しかも彼は「大阪人は優しい」と言う。日本中で「がめつい」とか、「ノリが怖い」とか言われてるのに優しいとはまた嬉しいではないか。トルコの人は喋るのが好きなので、気さくに喋ってくれる大阪人は、彼らにとって優しいということらしい。

そんなわけで、その絨毯屋では大阪人は特別な評価を受けて、歓待されることになっていた。有り難いというか、大阪人をこんなによく思ってくれる土地もあるのだなぁと感心してしまった。

大阪は江戸時代に五百人ほどの武士がいただけで、ほとんど商売人の自治区だったらしい。だいたい大阪人は、地元に育っていながら、江戸時代の大阪がどんなとこだったかよく知らない。武士がいなかったので、あんまりちゃんと書き留める人がいなかったのだろう。学校でも習わないので、みんな「江戸時代に大阪には殿様がいてへんかったんか？」なんてアホなことを聞き、「さぁ……そういや聞けへんな」で終わってしまうのだ。

で、けっきょく、大阪の殿様は（大阪弁ではお殿さんと言うのですが）豊臣秀吉、太閤《たいこう》さん、ということで収まってしまう。時代がズレとる！　と誰も突っ込まないので、会話はそのまま収まっていく。

庶民が商売をして栄えた土地なので、住んでるのは商売人と職人ばかり。昭和の戦争前までは日本一の商業都市で、人口も東京より多かったというから、農業とはもともと縁のない街だった。

農耕民族と言われた日本人の中で、商業ベースだったのだから、大阪人が長い歴史の中でもともと違ったポジショニングを取っていたことが分かってもらえるだろう。そう、これも始まりは太閤さんが日本中のものを大阪に集めたがったおかげである。

さて、そんな土地柄だけに、大阪には大阪人しか有り難がらない神様がいる。ちなみに大阪人は神様のことは「神さん」、お寺のことは「お寺さん」あるいは、その神社やお寺の名前に「さん」を付けて呼ぶのが常識だ。四天王寺なら「四天王寺さん」天満宮なら「天神さん」というふうにである。

もちろん、大阪で一番信仰されてるのは商売の神様と言われる「戎《えびす》」である。これは「えびすさん」と発音せず「えべっさん」と言う。そのへん、この本の中でまた明かしていきたいと思う。

まぁ、いろんな神様がいるのだが、新旧取り混ぜてひとつずつ紹介して行くことにする。そんなわけで、今回は昭和になってからの大阪の神様、阪神タイガースを取り上げたい。阪神タイガース。ご存知のとおり万年最下位のプロ野球チームである。面白いのは時々発作的に強くなり優勝したりする極端なチームであることだ。

一九八五年の優勝の時も「もう優勝したんを見たから、死ぬまでせんでもええわ」と言った阪神ファンがごまんといる。冗談ではなく本気で思ってるとこが他の球団のファンとは違うところだ。

あの時は凄《すご》かった。大阪中で人が踊っていたと言っても過言ではない。実はその年に五年間住んでた東京から大阪に戻ってきた私は、キタやミナミでみんなが「六甲おろし」を歌いながら踊ってるので、不気味に思っていたものだ。

東京人化していたから「なんで、こんな陽気なんやろう」と、ついて行けない気持ちも味わった。トルコ人の言う、大阪人以外の日本人は暗いというのが分かる気がする。

そのうえ、私の親友が、阪神の応援に甲子園に行ってて、スタンドで知り合った人と結婚してしまった。

可愛いウェディングドレスに身を包み、タイガースの帽子を被って、披露宴で六甲おろしを歌っていた彼女の姿を振り返ると、かなり奇妙な結婚式だったと今でも思う。

ただ、あの時だって「結婚式なのに……」なんて言う人は誰もいなかった。みんな大声で歌っていたし、喜んでいた。大阪人にとって阪神タイガースこそは不滅の神様なのだ。

それは阪神が強いチームかどうかではない。最下位になろうが、どうなろうが「おもろいチーム」だったらいいという構図になっている。もちろん強かったらもっといいが、弱いくらいで神様の地位から降格するわけではないのだ。

大阪にあり、大阪人の話題の中心になり、商売人が得意先の相手と喋るきっかけを常に提供してくれるのだから、タイガース様々ということなんである。

商売人がそう思うということは、つまり家の「お父ちゃん」が思うということである。一家の中で父親が阪神ファンなら必然的に子供もそうなる。それが三世代くらい続いてるので、阪神の人気は不動のものになっていったのだろう。いずれにしても、大阪の飲み屋で阪神タイガースの悪口だけは言わないことだ。周りが立ち上がるとか物騒な話ではなく、他の客が気分よく飲めないので、店主が「金はええから出ていってくれるか」と言い出すからである。

極度の阪神ファンのことを「虎キチ」と言うのだが、うちの近所のタバコ屋のおばちゃんもそうだった。阪神が負けると店を閉めてしまうのである。

私が子供のころの話だが、今みたいに自動販売機でタバコを売ってない時代だったので、店を閉められては明日のタバコに困ると、父親が閉められる前に買いに走って行ってたのを覚えている。

虎キチはたいていどこの会社にもひとりいる。ＯＬをやってた時も、阪神が負けると機嫌の悪くなる上司がいた。

そんな日はなにかハンコをもらわなきゃいけない時でも気を遣うので、苦労したものだ。負けても、いいとこを探して「昨日、惜しかったですねぇ、あのレフトフライさえ入ってたら」なんて話を先にして「そうやねん、まぁ三連戦やし、ひとつくらいやってもええねんけどな」と言わせてから、書類にハンコをもらうようにするのである。なかなかの苦労だ。

だいたい三連戦のひとつくらいやってもええって、あんた何様やねん！　と突っ込みそうになったものだ。

☆阪神が勝つと喜びすぎて 誰にでも声きかけてくるサラリーマンがいる
いや〜今日の阪神はようやったなあ？
来てよかったな
ちゃうか？
……あんた誰？

近所のうどん屋のおっちゃんも、かなりの虎キチである。新聞は阪神のことをよく書いてあるものしか置いてないし、テレビもいつも試合中継がついている。出前の電話がかかってきても試合が緊迫していたら出ないときてる。そんな時は電話をかけた方が「あ、そうか。今ええとこなんや」と思って諦《あきら》めるのが常だ。

友達の子供も阪神ファンである。なかなかの通《つう》という奴だ。ひとりでオープン戦に行っては、選手の写真を撮って、携帯に張り付けてる。十八歳のくせに「昭和四十五年の試合になぁ」なんて言い出す。立派に大阪のおっさん予備軍に育ったというところだろうか。

ともかく、彼らに共通してるのは、阪神のおかげで経済効果があるからこそ、大阪の神様なんやという枠を超えて、本当に信仰してる状況というところだろうか。

ま、彼らは大阪人の中でもディープな人達だから、ご安心を。どちらかというと、一般の大阪人は阪神が負けても「しゃーないか」と笑っているのが現実だ。

「昨日の試合見たか？」

「見た見た、アホやな、野村も。あそこで今岡出したらええのに、一回説教したらなあかんで」

と、誰が誰に説教するのか知らないが、勝手なことを言って笑ってるのが日常なんである。今年（二〇〇一年）も開幕戦でいきなり負けたが、次の日の新聞を見ながら電車の中で「今年も、のっけから終わりかい」と言ってたおっさんがいた。普通、ファンがいたら怒るところだが、大阪人はみんな大笑いする。「おもろいな、あのおっさん」で終わってしまうからだ。

選手に対しても、大阪人の反応はかなり明るい。二〇〇〇年までいた新庄なんか、大阪では「プリンス」と言われていた。新聞にも「さすがはプリンス」なんて見出しで出ることもあった。その後、大リーグに移籍したが、みんな阪神を裏切ったとは思っていない。どちらかというと、元阪神の選手が大リーグで活躍するなんて、こんな嬉しいことはないというのが心情である。

だから、プリンスがホームランを打った次の日のスポーツ新聞なんか一面扱いだ。「新庄、第三号アーチ！　これで実力証明だ」なんて載せる。

すると、大阪人は嬉しいくせに「なにを証明するねん、阪神におった時から打てへんかったのに」なんて言うのである。もちろん顔は笑ってる状態なのだが……。

例の清原がけっきょく巨人に入った時もみんな「アホやなぁ清原。阪神に来たら一生遊んでくらせるのに」と嘆いた。

それは清原がもともと大阪人であることや、阪神に来たらみんな大喜びなので、当然どの店に行ってもタダになる、大阪の企業が絶対ＣＭに使う、そのうえ引退しても清原というだけで、どこにでも再就職出来るという意味である。なにもタイガースがお金をたくさん出すということではない。巨人の出す多額の年俸より、阪神関連の人達の出す生涯バックアップの方が得だということだ。

もちろん、清原が巨人に行ったことでみんな少しスネてはいるが、もし彼が引退までに一度でも阪神の選手になることがあったら、実現するだろう。

その場合も「阪神より、巨人を選んでたくせに」とは誰も言わない。「よう来てくれた、前の球団がどことか、そんなんええねん。清原が最後は阪神に来てくれた。これでええねん」と言うだろう。

ま、自分勝手と言われたらそれまでなのだが、阪神ファンにはそれなりの美学があるわけだ。そのへんが地域密着型になってるので、大阪人にしか分からないところかもしれない。

最後に書いておきたいのは、阪神の試合に行くのなら外野がお薦めだ。野次がなかなか面白いからである。さすがは大阪人、突っ込みは普通の人からでも一流のものが聞ける。

今は「野村ぁ！　しんどそうやな、監督代わったろか？」とか「野村、サッチー来て、浮気しとんぞー」なんてのが多い。バリエーションでカツノリが出て来たら「カツノリー、おかん見てるぞー」とか「おかんに化粧濃いって言うといてくれー」なんてのもある。

新庄がいた時は「今度、フェラーリ乗せてくれ」「新庄、打ったらスーツ買《こ》うたるから、ガツンと行け！」とか野次ってた。

選手が打てなかったら「アホ、ボケッ」は当たり前だが、そのうえに家の事情のことなどを持ち出すのが一般的だ。「実家帰って、店手《て》伝《つど》うとけ」なんて言われる場合は、野次ってる側も選手に詳しい人なので、愛を感じることもある。

さて、今年の阪神……どうなることやら。みんなは「夏までもてば」とか「せめて最下位はまぬがれたい」なんて言ってるが、かなりやばそうだ。ひと試合勝っただけなのにお決まりの「見たか、阪神一連勝やで」と言い出す人が増えてきた。それは連勝という言葉を使いたくても使えない状況が多い、ということだ。頑張ってほしいものである。

## その二◎関西といっても……

関東や、そのほかの地方から大阪に来る人達は必ず言う、「大阪とか、京都ってみんな一緒でしょ？　近いし」冗談ではない。大阪、京都、神戸……関西圏ほどお互いに独立してる地域はない。

まず関西で一番偉いのはどこか？　関東地方なら、広いといってもやはり東京都だ。「なんだかんだ言っても東京がなくなったらおしまいだよ」。みんなそう思ってるに違いない。埼玉や千葉だけ残っても、肝心の東京がなくなったらなぁ……これが、本音だろう。それは、生活や情報の基盤が一番発達してる都市に集中し、周囲にある土地が帰属してるからだ。北海道、名古屋、九州と大きな都市のある周辺では当たり前のことだ。

しかし、関西だけは違う。仮に関西の人十人に「関西で一番偉いのはどこの県？」と聞いてみたらどうなると予想されるだろうか？　「え、大阪じゃないの？」と言う人もいるだろうが、そうではない。多分、大阪が半分にちょっと足りないくらい、あとは京都と神戸、少数でも奈良が入り、バラバラに分かれるはずである。

そう、関西は個別に発達した文化の集合体である。だからお国自慢をさせると、みんな自分達が一番偉いと言い出すのだ。和歌山、滋賀あたりになるとさすがに田舎《いなか》なので、「一番偉いのは大阪か、京都かなぁ……神戸もあるけど……どうかなぁ」と迷う人もいるかもしれないが、突き詰めればやはり自分達の育ったところがいいと言うだろう。

京都人は、京都こそがもともと一番偉いという認識がある。だから大阪の人間を見下してるところがあって、京都のものでないと買わない、使わないという頑固な一面がある。なんせ御所《ごしょ》があるし、天皇も、お公家《くげ》さんも住んでた所だ。偉いか偉くないかという意識調査なら一番に決まってる。京都で「この間の戦争の時に、あそこのお寺が焼けたんや」なんて言ってる年寄りの会話を、自分の尺度で測ってはいけない。この間の戦争といっても太平洋戦争ではなく、千年くらい前の話だったりするからだ。

京都の人は大阪を野蛮だと思ってる。私の知ってる女優は、家代々京都出身なのだが、大阪に芝居をしに行くと言ったら、母親が「止《や》めときなさい。そんなことしたら襲われるえー」と本気で心配したそうだ。

ちなみに大阪の学校に通うという話になった時も「新幹線で通いなさい」と言い放ったらしい。「新幹線なんか待たしといたらよろしい」というおばさんが出てくる、お茶の宣伝があったが、京都の人らしい表現だった。

うちの親戚のおばあちゃんも「天皇さんも早《はよ》う帰って来はったらええのに」と本気で言

う。京都に居るのが一番いいという考えらしい。

若い子でも、京都人は京都銘菓やお茶文化に慣れて育ってるので、食べるものから着るものまで、どことなく和風が当たり前の部分が大きい。若い女の子でも「いや、東京にお嫁に行くくらいやったら、別れます」と本気で言う。

戦火を免れた千年都市、京都。誇りを失わないところはさすがである。お酒を飲むなら日本酒。音楽を聴くなら、やはり長唄《ながうた》やクラッシックが似合う町というところだ。

余談だが、大阪の船場《せんば》言葉が京都弁にかなり似てるのは、大阪の商人が好んで京都からお嫁さんをもらったからである。商人達にとっては京都のお公家さんの血が入ってる、お嬢さんをもらうのがステイタスだったそうだ。この辺からも、京都が一番ということには信憑性《しんぴょうせい》を感じてもらえると思う。大阪人も京都人には一目置いていて、逆らえないことも多いということだ。

さて、では神戸はどうか？　神戸は昔はさておき、明治になってからはアジア一の外国人居留地などがあり、ハイカラの名をほしいままにしてきた港町である。関西で唯一の中華街だってあるし、今でも明治の頃のままの建物が実際に使用されて、情緒たっぷりだ。

神戸と聞くだけで、関西人は「デート」という言葉を思い起こす。美しい、ハイカラな、異国情緒たっぷりの神戸。大阪のゴミゴミしたところじゃムードは出ないし、京都のはんなりしたお寺じゃ威厳がありすぎる。ここはやっぱり車で神戸に行って、夕陽にメリケン

京都人の彼氏
大阪人の彼女
もう大阪の子ってうるさいなぁ……
舞子さんや
キャーワー
きゃあ見て！お寺やん、お寺！
うわー、京都や！
キャー

い。

大阪人の何割かは神戸で初デート、初キッスというコースを辿《たど》っていると断言してもいい。

神戸の人というのは、この百何十年かの間にすっかり、国際的な雰囲気を身につけていて、物腰は関西一柔らかい。というか、品がある（はっきり言って大阪に近いほど悪くなりますが……）。それに、お洒落《しやれ》だ。どんな人でも大阪人より着る物のセンスが一枚も二枚も上である。

ブランド物の支店でも、関西は神戸店だけというところも多い。そのへんからも神戸のハイセンスな部分が窺《うかが》えると思う。

それから食べ物、これも関西の中ではかなり洋食よりだ。うどん文化が不思議に神戸まで行くと消えてしまって、代わりに洋食文化が目立つ。シチューや、ステーキといった外国人の好んだメニューも豊富だし、老舗《しにせ》が多い。

それから、パンとケーキが抜群に美味《おい》しいのも神戸ならではだ。神戸に行ったら必ずパンを買って帰ってくるという大阪人は多い。「今日、神戸の三宮《さんのみや》に行くけどなんかいる？」と聞かれたら、女の子はただちに「パン買《こ》うてきてぇ」と甘い声になる。

さらにケーキが美味しい。専門店の宝庫である。住吉《すみよし》、芦屋《あしや》、夙川《しゆくがわ》なんて女の子が好きな町へ行けば、必ずオリジナルのケーキを置いてる店があるし、いずれも最高の味だ。

戦前、戦後とドイツ人が多く住んでいたというから、その影響も大きいのかもしれないが、住んでる人はそれが当たり前なのだから、非常に生活に密着した、衣食住に優れた土地なのだ。

神戸の人達は大阪で仕事はするが、けっして住みたがらない。まぁ文化度という面ではあきらかにあっちの方が高いので、無理にゴチャゴチャした大阪に住まなくてもということになるのだろうか。

うちの母方の親戚は大半が神戸なのだが、もう会えば「よう大阪に住んでるなぁ、こっちに越してきたらええのに、静かやし空気もええよ」と言われさんざん同情される。

そういえば、大阪のまん中に住んでいる私から見て、関西在住の作家はみんな神戸寄りに住んでいる。田辺聖子、筒井康隆、陳舜臣、小松左京、中島らも……なんかアカデミックなんだろうか……。昔、小松先生に家はどこか？　と尋ねられたので「はい、大阪の玉《たま》造《つくり》です」と答えたら、「よう、あんなとこで原稿書けるな、うるさいやろう？」とメチャクチャ真面目に言われたことがある。

「はぁ……そやけど、小さい頃から大阪なんで」とさらに言うと、先生はじっと私の顔を見て納得して言った。

「ああ、大阪っていう顔してるわ。あんたやったら大丈夫やろう」と。なんや、なんや？　どういう意味や？　と思ったが、京都や神戸の子ほど落ち着いた雰囲気がないということだったらしい……。

神戸というのは大人っぽい街だ。お酒も洋酒が似合うし、音楽を聴くならジャズやボサノバという雰囲気である。

ここまで読んでいただければお分かりだろうが、関西はこのように独立した文化と、その土地を愛する人達が隣り合わせに住む地域なのだ。

奈良の人に言わせたら、やはりのどかで歴史のある奈良はいい、ということになる。京都は人が多いし、チャラチャラしてる。大阪や神戸なんて新興地域、住むには適さないという見方になるようだ。奈良で飲むなら芳醇《ほうじゅん》なワイン、そして音楽は環境音楽をお薦めする。

和歌山の人だって、土地と水、食べ物、保養地が一番多いのはここだ！　と思ってるようだ。大阪に住んでいる和歌山出身の友人は言う「大阪とか都会では不便でしょ？　和歌山は土地が広いから、どこでも車で行けて、ドアｔｏドアやったんですよ。今は駅まで歩かなあかんし不便ですわ」と。彼女は年をとったら必ず車ライフに戻ると宣言している。ちなみに和歌山ではいい焼酎を飲んで、ビートルズなどを聴くことをお薦めしたい。意外と若者を迎えてくれる土地でもあるからだ。

滋賀の人は「遊びには行くけど、大阪に住むのはいや」と考えてるようだ。知り合いのテレビディレクターは滋賀に住んでるが、高速が空いてるので一時間くらいで来られるから引越しはしない、と断言している。週末は毎週、琵琶湖で釣りなどをし、ご機嫌な生活でもあるらしい。都会に行きたいときは、大阪より京都に遊びに行くとも語っていた。滋賀では、スコッチウイスキーとチーズの取り合わせで北欧人のような釣りを楽しみたい。オペラなんぞが似合う静かな土地だ。

このように、関西人は同じような発音の関西弁を使うが、けっして仲良く流通して暮らしてるわけではない。どちらかというと、一番巨大になった都市、大阪を見て「あそこには住みたくない」と思いながら利用してる人達が多いという感じだろうか。

では、大阪人は周囲の土地とどうやって付き合っているか？　こんなにも個性的で魅力のある土地に囲まれてれば、もう用途に合わせて利用仕返すしかないというのが結論だ。

そう、大阪は商売と流通の街なのだ。大阪人は大阪に生まれたからには、がむしゃらに生きるという宿命がある。一生懸命働いて、いつも商売のこと考えて、人との付き合いを断らないで、社交的に生きて行くという運命があるのだ。

だから、それにちょっぴり疲れたら、京都で和食に舌鼓を打ち、歌舞伎なんぞを見る。神戸にドライブして夜景を楽しむ。泊りがけで滋賀に行く。いっそ歳をとったら周辺のどこかの県に住もうかという利用方法だ。もう千年以上も前からこれが大阪人の正しい生き方なので、変わることもないだろう。ただ、大半の人は一生現役で生きて行こうとするので、自然と大阪に住み着いて、離れないだけだ。

小さなうどん屋のおっちゃんも、家代々続いた呉服屋さんも、今年初めて店を持った兄ちゃんも、一生、商売人としてやっていく気で生きている。だから、大阪が一番ゴチャゴチャしてて、ダサいかもしれないが、離れないのである。

関西で一番偉いのは大阪である。そう答えるのは、働くのが好きで、人間が好きな人だ。私もその一人。毎日、活気に溢《あふ》れたゴチャゴチャの街で充電と発電を繰り返して生きる。ここに自然の大らかさはない。なくていいのだ、人がいれば、活気があれば大阪人は息をしていけるのだから。

最後に、大阪ではやっぱりビールを飲んでほしい。それからラテン音楽を朝まで聴き、踊ってほしいものだ。

# その三◎食

大阪を語るとき、もっとも大事なことはなにか？　食である。しかも、ただ食べるというのでなく、大阪人の好みを追求するのが大阪を語るということである。

ま、先にバラしておくが、大阪を語る時なんて偉そうに書いてるが、大阪にはあんまり名物なんてないのだ。湿気が多く、かつては沼地だったということもあり、名産品なんて全然といっていいほどない。

ご存知の方も多いだろうが、大阪の名物の中に「塩昆布《しおこんぶ》」がある。これも子供の頃からポピュラーに食べているので、何も考えたことがなかった。「お茶漬けには当然、塩昆布やん」くらいに思っていた。

しかし、考えてみると大阪で獲《と》れるわけがないんである。大阪の名物の中に塩昆布が入ったのは、なんと豊臣秀吉、太閤さんのおかげらしい。

なんでも太閤さんが「天下の台所」を大阪に作り上げようとしていた当時、北海道から取り寄せたのが始まりで、今でも大阪では塩昆布文化が浸透しているのだそうだ。

この際、もっとバラしてしまうと、この効果で、地方から名物が寄せられてきて、大阪のものになっていった。だから大阪名物というのは何でもルーツがあり、どこかの地方のものらしい。

そういえば、ウナギの蒲焼を食べると絶対ついてる「奈良漬」も奈良のものだし、冬になったらかかせない漬物の大半は京都出身だ。

肉類は神戸か滋賀。「てっちり」に代表される魚類はみんな瀬戸内海方面からの直送ものばかりだ。

「ほんなら、大阪のもんって何もないの？」と、言いたくなる。実はお好み焼きだって、大阪のものというよりは広島焼きの大阪版。こんなにみんなが食べてるうどんだって、四国から入ってきたものである。

「あ、そうだ。焼肉は？」

と、言う人もあるが、あれも大阪にたくさん韓国人が住んでるから多いだけで、大阪のものではない。

太閤さんが食べるものを全部自分の下に集めてみたいと思ったというのも、大阪に何もなかったからに違いない。そんなわけで、大阪人の食への興味というのは、もともとは異国のものを食べてみるという興味から始まった。

その子孫である我々はつまりは雑食民というわけである。だから大阪には名物はない。

大阪人が気に入れば、それは明日からでも大阪名物になるというわけだ。

ここ十年間で、大阪にもっとも根付いた新しい味は実はイタリアンだ。キタやミナミだけではない、小さな下町にもイタリアンの店が出来るようになった。うちの近所だって歩いていける範囲になんと三軒もある。これは大阪城の近くで、ただの住宅街である我が家の近所にしては画期的なことである。

だって、住人がほとんど何世代にもわたって、土地を持ってるような人ばかりの地域である。言い換えれば完全に年寄り組が幅をきかせてるということになる。そこに三軒のイタリアンレストラン。

お好み焼き屋と、すし屋、うどん屋に次ぐ多さなのだから、完全に受け入れられてるということだ。うちの八十歳になる母親だって「あのスパゲッティ屋さん、入ってみようかしら」なんて言ってるくらいだ。なかなかの進出ぶりである。

ただ、先日も三軒のうちの一軒に入っていたら、おばあちゃんがひとりで食べにきていて「ここは、何を食べれるとこ？」と、基本的なことを聞いていた。

彼女は小さなビールと、スパゲティを食べ、あとでアイスクリームを食して満足そうに帰っていったが、これが地域に浸透していくということである。「お箸《はし》はないの？」と言われて、店員が「はい、ありますよ」と即座に出してきたのも慣れてるということなのだろう。頑張って大阪にイタリアンを浸透させてほしいものである。

そうすれば何十年後かには「大阪名物ってイタリアンよね？」と言う人も出てくるだろう。

うちの近所に「富紗屋《ふさや》」という、お好み焼き屋がある。ここは大阪一美味しいといわれたお好み焼き屋である。なにが美味しいって、そのとろけるような舌触り、濃厚だが、絶対に胸焼けなんかしないソース、なにもかもが絶品なんである。

大阪のローカルなとある商店街の中にあり、店も息子さんがもう一軒、近所に支店を出してるくらいの、家庭的な雰囲気のところだ。

この間もスーパーで買い物をしてたら、そこのおっちゃんとバッタリ会って「また寄せてもらいますぅ」なんて挨拶したところだ。

しかし、知名度はすごい。店にはアムロちゃんの写真や、北野武が推薦した記事なんかがところ狭しと貼られている。

実はここに、イカスミモダンというお好み焼きがある。これが最近のヒット作だ。そう、さっきから書いてるように、大阪の名物は変容していくのが当たり前。お好み焼きの中身の具も時代によって変わっていくのが当たり前なんである。

イカスミはイタリアンの中でも大阪人がすぐに愛した一品である。これをモダン焼きに入れると塩味と麺《めん》が相性ぴったりで、なかなかのハーモニーをかもし出す。お好み焼きに入ってくるからには、イタリアンの地位確立も間近だろう。

さて、イタリアンに、お好み焼きときたら、つぎは「鍋」である。大阪人は鍋物が大好きだ。「てっちり」「しゃぶしゃぶ」「すきやき」「寄せ鍋」「水炊き」「ちゃんこ」「チゲ」それに「うどんすき」冬は週に三日くらいは鍋で過ごす。

若者の間で流行《はや》ってるのは「チゲ」要するにキムチ鍋。鶴橋《つるはし》などで買ってきた本場のキムチで、野菜や魚を煮込んだ鍋は、確かに濃厚だが、美味しい。後でうどんや、ラーメンをいれて食べるのも楽しみだ。

以前、韓国でも食べたが、若い人はやっぱり、ウインナーやラーメンとか入れて、味の濃くなるものを好んでいた。あっちは寒い時に食べるのが主流だが、大阪は冬は過ごしやすいので、あったまるためというより、汗をかいてさっぱりするためにチゲがあるという感じだろうか。私は真夏でも焼肉屋で食べる。

「てっちり」は「鉄砲」と昔は言ったらしい。ふぐも鉄砲も「タマに当たる」という洒落《しゃれ》だったそうだ。おいおい、ブラックすぎるやん、とも思うが、そのへんもおおらかに名づけてしまうのが大阪流ということだろうか。

東京では滅多に食べないし、食べても高いからなんて言うが、大阪は瀬戸内海からの直送便が多く、普通のふぐ屋で一人前五千円〜八千円くらいだ。大阪の人はふぐの身より、後のだしで作るぞうすいが楽しみで、てっちりを食べる。

それから正真正銘の大阪名物「うどんすき」。これはうどんメインの寄せ鍋だが、本町《ほんまち》の「美々卯《みみう》」が開発した、具を入れても入れても、だし汁が濁らないという、不思議な寄せ鍋だ。

鶏ベースのだしをとってあるようだが、なんせ具の多さと、シコシコうどんのボリュームに圧倒されつつ、必死になって食べるという感じである。「うどんすき」を食べると冬になったなぁと実感する。

反対に夏に食べるのが「はもちり」「はもすき」だ。鱧《はも》という魚を食べたがるのは大阪人と京都人だけだと言うが、まったくの関西名物ということなのだろうか。

「はもちり」はたいてい、鱧のおとしが突き出しで出てくるから、それをビールまたは冷酒で楽しんだあと、鍋に取り掛かっていただきたい。

さっぱりとした食感と、ポン酢の酸味が夏らしさを引き出してくれる。私は好みとしてポン酢に梅干か、すだちをいれるのだが、それもさっぱり感を強調するためだ。

いずれにしても、活《い》けものが出てくるので、夏は鱧を食べに来て欲しい。

さて、それから認識されてない感じがあるが、大阪の名物と言うと、実はソースである。

先日、ある歌舞伎役者さんが「え、大阪ってこんなにソースあるの？　東京はウスターソースと、とんかつソースだけだよ」と、我が家でひっくり返っていたが、そう言われるまで東京にそんなにソースがないとは知らなかった。

大阪ではソースは「ウスターソース」「とんかつソース」「お好み焼きソース」「焼きそ

ばソース」「たこ焼きソース」ぐらいまでは当然の分け方。凝る人はそれ以上の種類を買う。我が家にはオリバーソースの「どろソース」というのがもう一本必ず余計に常備されている。

これはソースを作る時に沈澱《ちんでん》した底の方のどろっとしたものを、そのまま汲み上げるそうである。下に溜まった香辛料のピリカラまじりで、なかなかの逸品。数年前から大ブレイク中の「そばめし」にも使われていることで、一気にその知名度も上がった。

そのソースが大阪人の舌を微妙にくすぐることから、名物になってるのが「串《くし》かつ」だ。梅田《うめだ》の地下街に行っても、町の飲み屋に行っても、ソースをたっぷりつけた串かつで飲むのは、大人の義務という感じさえある。

地方の人は「たかが串かつ」と思うかもしれないが、大阪の串かつ屋に一度は入ってほしいものである。旬の素材から、肉、魚介類、野菜に至るまで揚げないものはないくらいの勢いだ。簡単な話、天ぷらと同じようなものとして、串かつの地位があると思っていただければOKだ。

そういえば、子供の頃は、みんな家で揚げた天ぷらにソースをかけて食べていた。私たちは子供の頃からソース文化に育てられているようだ。ま、お好み焼きも、たこ焼きもみんなソースがかかっているのだから、当然ではあるが。

最後に、みなさんが聞きたいのは「たこ焼き」のことだと思う。これは確かに、大阪名

毎週焼いてた8才のころの私。
200は焼くでー
子供のころは たこ焼き名人と 言われましたねー 今も焼きますが 当時はもっと。
現在の私。
今は鍋名人

物らしい食べ物だ。大阪で生まれたかどうかは知らないが、関西中で一番よく食べるのが大阪人だからだ。

あれは「おやつ」だと思ってる人もいるだろうが、大阪ではたこ焼きは……うーん、おやつというか、いろんなものになる。

例えば、家で作る時は適当に具を変えて、ピザ風にチーズを入れたり、別の魚なんかも入れて、ポン酢で食べたりもする。するとその日のたこ焼きは「おかず」である。

会社で残業中に小腹がすいたなぁなんて時に誰かに「たこ焼き買《こ》うてきたで」と、出されて食べるのは「つなぎ」だ。

またひとり暮らしで、たいしておなかがすいてない日に、ちょっと多めに入ったたこ焼きを一船買って食べるのは「食事」である。飲み屋でアテに頼んだら「つまみ」だし、夜中に受験生が食べれば「夜食」なのだ。

たこ焼きはそういうふうに、大阪人の生活の中の隙間《すきま》、隙間で活躍してる食べ物であり、どれが正しい食べ方かなんてない。だから、よく雑誌の中に紹介されてるような、屋台のたこ焼きを歩きながら食べてる姿は、けっしてたこ焼きの食べ方の全てではないということなのだ。

どうだろうか、大阪人の雑食性の意味が少しは解ってもらえただろうか。こんな優柔不断に食べては楽しんでる土地なので、大阪では何か特別な名物というものはこの先も出ないだろう。

ある意味、大阪人にとっての食の神さんは「その日のお腹のすき具合」である。そう、誰だったか「空腹は最高のソースなり」と言った人がいるが、そのとおり、食の神は天におわさず、我が腹にありというところである。

# その四◎家庭の事情？

大阪人の意外な素顔だと思われることのひとつにパン好きという事実がある。数年前のデータになるが、総務庁の「全国消費実態調査」の結果をみると『一ヶ月にどれくらい米とパンを買うか？』というアンケートで、パンの方の一位は兵庫県の三〇〇一円、二位が大阪で二八六六円、以下十位までの順番を書くと和歌山、奈良、京都、神奈川、石川、東京、広島、滋賀と圧倒的に関西勢が多い。なんと七県が上位にいるということになる。

そういえば、子供の頃から大人たちが「朝はパンやろう、あのカリッとこげたパンにバター塗って食べるのん、最高やん」と言ってるのをよく聞いたものだ。

商売をやってる人が多いので奥さんたちが手軽なものですませたいとパン食にする家も多いに違いない。たいていがカカア天下なので男たちは何も言わず食べてるのかもしれないが。

うちの母などはお正月に十斤くらいの食パンとボンレスハムを買ってきて「これでお正月は持つな」と言い放ったこともある。料理が下手《へた》だったので私達は「まぁそれもええか」と納得したものだった。そのくらいパン食というのはポピュラーなものなのだ。

亡くなったうちの父親も朝は絶対パンだった。美味しいパン屋があると聞いたら、ちょっとくらい遠くても自転車に乗って買いに行ってたものだ。

それをこんがり焼いて、ちぎってはバターをいちいちつけて食べるのが好きで、私が丸かじりしてると「女の子やから、手でちぎって食べなさい」と説教された。おまけに彼はゆで卵をわざわざエッグスタンドに乗せてスプーンですくって食べていたから、かなりの西洋かぶれだったようだ。

だから小学校に入って給食にパンが出ると、関西の子供は「まずぃ」とみんな嘆く。その前に美味しいパンをしこたま食べて育ってるからである。

私の親友の家は両親と三人暮らしなのだが、食卓の一角にトースターが設置してあって、食事が終わった後、毎日パンを焼いて食べていた。

さすがにそれには驚いたが、一度お呼ばれに行った時に食事が終わった後すぐ「あんたは何枚食べる？」と聞かれて「いや、私はお腹一杯です」と答えたら「うちのパンの美味しさ知らんからそんなこと言うねんで」と、食べないことを責められた。そのくらい彼女の家では食後のトーストが当たり前のものだったようだ。

「食」をテーマにした芝居をやっていた時、パンフレットの「死ぬ前に何を食べたいですか？」という質問に「トースト」と答えた人間が二人いた。私と生田朗子という女優だ。

同じ歳なので、世代的にも共通した、パン好きなのかもしれない。

私は絶対に死ぬ前にはトーストが食べたい。外がカリッとしていて、中がもちもちの食感で、昔の塩気の強いバターをたっぷり塗ってサクッとかじってから死にたいものだと思う。もちろん、そこには半熟のゆで卵と、香りのいい苦めのブラックコーヒー……だめだ、こんなことを書いていたら本当にお腹が空いてきてしまった。

ちなみにさっきの調査でも、トーストに必要なマーガリンとかかせないコーヒーの購入量は関西地方が断然一位。北海道よりも大阪の方がマーガリンをたくさん消費してるのも奇妙な感じだが、パン好きの裏付けになるだろう。

神戸や大阪ではデパートに数軒のパン屋が入っていて競争をしてるのが当然だ。名物の焼き立てパンなどには、年齢を問わずいろんな人が行列を作ってるのも日常茶飯事である。

去年、野球のパ・リーグの優勝セールがあった時に関西の方では「つかしん西武」でバーゲンがあったのだが、そこで大手のパン屋「エーワンベーカリー」が福袋を売っていた。

「え？　パンの福袋？　何が入ってるの？」と私はちょっと不思議だったが、おばちゃん達がそれを争って買っていた。食パンは冷蔵庫に入れても持つので買いだめしてたのだろうか？

どっちにしてもパンの福袋という発想がいかにも関西のパン屋という感じではあった。

実は私も好きなメーカーなのでちょっと並びたい気持ちはあったが、二人暮らしには大量

私のパン食べたん
いったい誰やのん〜

すぎて諦めた。

どうでもいいことかもしれないが、パン、米、マーガリン、コーヒーの購入量で気になるのは東京の順位だ。パン八位、米四十六位。マーガリンは関東地区としても二位、コーヒーは五位だ。あんなに人がいるのに一位じゃないとは……東京の人は何を食べているのだろうか？　そば？　パスタ？　何も買わないで外食？　どちらにしても不思議な地方である。忙しい人が多いのだからしっかり食べてほしいなぁと関西人の私なんかは純粋に思うのだが。

さて、そんな意外をもうひとつ紹介すると、大阪人は日本一のポン酢好きらしい。一軒あたりのポン酢の購入量が多いということなのだが、それも当然かもしれない。なんせ、大阪人の冬は鍋に始まり鍋に終わる。大阪で鍋を作れないというと世間知らずということになる。社会人なら当然、下のものが鍋を作らないといけない。

冬はてっちり、カニすき、すきやき、チゲ鍋、寄せ鍋、ちゃんこ、うどんすきと鍋だらけである。その具を入れる順番と、最後のぞうすいが作れてなんぼという土地なのだ。特にぞうすいが最後の決め手なので、それが作れないとなると、男は「出世しない」、女だったら「嫁にいけない」というレッテルを貼られる。

ポン酢にもバリエーションがたくさんある。普通のものから、「ゆずポン酢」、四国から入ってくる「すだちポン酢」、九州の名産「かぼすポン酢」、その他に老舗が出す手作りのものも合わせると普通のコンビニでも三種類くらいは置いてある。大きなスーパーなどではコーナーが出来ていて三十種類くらいは軽くあるだろう。なかでも高くても売れてるのが「朝日ポン酢」だろうか、一升瓶タイプのものまであるが、年末年始などは買って帰る人もたくさんいる。私も好きだが、どちらかというと、すだちベースの「ひろたの手造りポン酢」も捨てがたい魅力だ。なんせ、我が家はすだち好きなのでこれが一番しっくりきている。さらにこのポン酢に生のすだちを絞りこむくらいである。

あと、キッコーマンの年間予約制の「ゆずポン酢」もなかなかの味。いつもうちの母が大量に購入するのを横流ししてもらっている。

うちでそれを食べた義姉は気に入って毎年予約しているようだ。やはり味にうるさい主婦はポン酢を舐《な》めてはいかんと思ってるようである。

このポン酢好きには関西の食文化の背景がある。大阪人は食道楽なので外食が多いと思われているようなのだが、実はそうではない。特に鍋に関しては「いい素材を安く買《こ》うて家で食うのが一番や」という人が多い。

「なぁ、今度うちに遊びに来てな。鍋でもするわ。その方が安うつくしなぁ」

と誘われたら、関西では社交辞令ではない。

たいして親密な付き合いでなくても鍋には招待されるというケースもあるのだ。いいものは家で食べる方が安い！　という観念があるわけだ。

舌の肥えた大阪人なので、プロの料理人に敵《かな》わないことは十分知っている。だからこそ鍋だけは家でしてもそんなに変わらないことも分かってるのだ。元々大阪人は家で食べるのが一番安くて美味しいと思う風潮がある。巨大な地方都市なので家に戻って一家団欒《だんらん》したがる習性があるのだ。

それが冬の鍋好きに繋《つな》がっているわけである。各家庭のポン酢の消費量がこれによって高くなるというわけである。

それに大阪人はあまりファーストフード好きではない。手軽だから仕方なく食べてるというのが現実で、おっさんはあまり食べないのが普通だ。東京に行くと小洒落《こじゃれ》たファーストフードの店や、レストランのチェーン店が多くあり、壮年のサラリーマンが入って食べている姿をけっこう見かける。

あれには違和感を感じる。この間も近所のマクドナルドの前を通ったら若いサラリーマンが「マクド食うか？」と友達に聞いていた。聞かれた同僚は「うーん、マクドもええねんけど……なんか格好悪いなぁ。お好み焼きにしょうか？」と答えていた。こうやって大阪人は自然と「おっさん」になってくわけである。歳とともに胸焼けもするのだろうが、それこそ東京はあんなに人が多いけど、みんなファーストフードを食べている。カロリーも高いし、まずいのに、心配な状況だ。

意外つながりで書いておくと、大阪人はお好み焼きやたこ焼きに必ずソースをべたべたにつけると思われているが、三割くらいの人がそうでもない。しょうゆ味の方を好む人も多く、そういう味つけの店もある。焼きそばだって塩味で食べる人もいるので念のため。

ところで、鍋好き、ポン酢好きの大阪人なので、冬はどこでも家に人を招待する率が高くなる。二十代の同棲カップルから、熟年夫婦までに共通してるのが、その時の鍋の作り方で「女の評価」が決まるという事実である。

朝はトーストですませる女たちも夜の鍋には気を遣うというわけだ。なんといっても大阪人は味オンチ＝ダメ人間である。

「あそこの嫁はん、味オンチらしい」というだけで、そんな奥さんを嫁にしたと男の評価まで下がる怖い土地だ。

サラリーマンどうしの会話だって、東京に行けば政治や株、事件の話が主流だが、大阪では食べ物の話がメインという日も珍しくない。

電車の中でばったり会った同僚と「昨日、めちゃくちゃ美味《うま》いカレー食うてん」と喋り始め、そのまま会社まで続けるなんてことは当たり前のことなんである。

それが反対にまずかったら大変なことになる。大阪人は「金出して食うて、まずい」という恨みは忘れない。もし、そんなものに当たったら大騒ぎである。

まず、家族、同僚に絶対に報告。もちろん上司にだって世間話としてちゃんと報告である。その度《たび》に聞く人が「なんで？　どこがまずかったん？」と尋ねるのも当たり前。聞かれた方が「あそこの店のカレーは塩味だけや、胡椒《こしょう》も香辛料も利かしてないし、たぶん市販のルー薄めてるだけや。そんなんで六百五十円もとるねんで、どう思う？」と細かく分析して伝えるのも使命である。

それほど食文化に関してはうるさいので、高くて美味いのは当たり前、安くて美味いもんが最高。もっというなら家のメシが一番安くて美味いのが当然という考え方になる。

関西で嫁に行こうと思うと、少なくとも一般常識として鍋とぞうすい、夜食に食べるうどんのだし、たこ焼きの作り方を知っておかないと困ることになるだろう。

なんだか、けっきょく意外な話から大阪らしい話に落ち着いてきたが、知られざる細かい（どうでもいい？）話でした。

# その五◎笑い死にたい

大阪人は笑いのセンスがある、と思われている。まぁお笑いの芸人さんも多いし、当然のことだろう。

その分、大阪ではお笑いに対する尊敬度が他の県とは違うような気がする。「お笑いさん」「芸人さん」というと他所《よそ》では下に見られることが多いが、大阪ではお笑い芸人さんはアイドルであり、嵩《こう》じて尊敬の対象となる。彼らが街中を歩いてると「会えた」という感覚になり、興奮するものだ。

年配の人達はその上に贔屓《ひいき》のお笑い芸人がいるので「お前達は聞いたことがないやろうけど、昔のダイラケは面白かったでぇ」と話が尽きない。

少し前の寄席《よせ》芸人の話を描いた芝居を上演した時には、もうその脚本を書くというだけで周りのジジィ連中がやいのやいのと意見をしてきた。

「わかぎ、芸人のこと書くんやったら昭和三十年代のラジオ時代の漫才、これだけは聞いとけよ。わしCD貸したるさかい」

「お前、芸人の話書くねんてな。しっかり書けよ！　わしエンタツ・アチャコのカセット持ってるで。いつでも貸すから言うてこいよ」

「私が知ってる人に、昔の芸人さんが何をバネに頑張ってきたかっていう話に詳しい人が居《お》るけど、紹介しようか？」

なんて先輩が続出して困った。ありがたかったのだが、実は芸人のことではなく、そのバックアップをしたひとりの女性の話を描いたので、あんまりたくさんの資料はいらなかった。それに大阪には「ワッハ上方《かみがた》」というお笑い芸人さんの歴史が見られる資料館もあるので、手に入らないものでもなかったのだ。

しかし諸先輩方の厚意を結構ですとも言えないし、いくつもカセットテープやCDを借りて聞いた。まぁ聞けば聞いたで気分は盛り上がったので結果的には良かったのだが、大阪人はみんな「マイ　フェバリット　コメディアン」がいるので、たかがお笑いという軽視はけっして出来ない。

私達が日常会話の中で「なんでやねん」「おいおい」「それはあかんわ」などと先輩後輩の立場に関係なく突っ込みを入れられるのは、大阪が江戸時代から侍が極端に少なく、庶民の町だったからだ。しかし昭和三十年以降に生まれた大阪人はそれに加えてテレビの影響が大きい。

というのも、我々が子供の頃から大阪では土曜の昼というと、絶対に舞台中継をやっていた。学校から帰ってテレビをつけると、吉本新喜劇か松竹新喜劇が映ってるのが常識だったのである。

各家庭によってどちらを見るかというのは親の趣味だったが、ともかくテレビ崇拝時代だったので、土曜の昼さがりはみんな新喜劇を見ていた。我が家では子供はたこ焼きを焼きながら見るというスタイルが確立していて、土曜日だけは自分でおやつを作りながら見たものだ。

「え、そんな典型的な大阪の子供っているの？」と東京の人に聞かれたことがあるが、昭和チックな子供達は多かれ少なかれたこ焼きを焼きながらテレビを見たのである。

話を戻そう。そう、大阪人の会話の広がりはふたつの新喜劇のおかげだ。日常的なシチュエーションコメディーだったので難しくなかったし、なにより大阪弁の強化レッスンになった。毎週毎週、大阪弁の上手な使い方の特訓を受けているようなものだったんである。

「お前、あかんで」

「何が？」

「何がって、よう考えてみぃな。お前のそのええ加減な態度が女の子を泣かしとるんやで。ちゃんと結婚したれよ」

「あ、そうか」

「あ、そうかやないやろう。ちょっとは反省せぇ！」

☆うちの夫婦も一度、イベントでまんざいをやったことがある。
しっかし難しくて途中でパニックになってしまった♡

「なんで？」

「だから！」

「お前、怒りんぼさんやなぁ。どうしてん？　便秘か？　人間ウンコ我慢してたらろくなことないぞ」

「もうええわっ」

「ええんかいな、そんな諦めんと説教せぇよ」

「きーっ」

　こんなボケと突っ込みの典型的な会話に子供達は腹を抱えて笑った。本気で怒る奴はダメな奴。面白いことを言って逃げる方が賢い奴という構図が快感だったので、あっという間に子供の脳に焼きついていった。

　そして結果的に大阪人は会話好き、話し上手というベースが広がっていった。今ではどんな子供でも「あほちゃう」と言うより「あほちゃいまんねん、パーでんねん」と言い返す人間の方が賢いということを知っている。

　今、大阪のお笑い界の頂点はいわずとしれた吉本興業だ。私達が子供の頃には松竹新喜劇に「喜劇王」の名をほしいままにした藤山寛美《ふじやまかんび》さんがいたのだが、亡くなってしまってからどうも松竹の勢いは感じられないままだ。それに比べると明石家さんまを筆頭に吉本勢の勢いはすごい。最近はお笑いだけでなく、小室《こむろ》ファミリーのようなミュージシャンを巻き込んだり、不動産や、食品などの販売にも乗り出して企業というイメージがある。大阪の小さい劇場でつつましく芝居をやってる私のところにさえその影響はある。

「もしもし、吉本興業の○○と申しますが、わかぎさんに芝居の衣装を担当していただけないかと思いまして」

「えー、吉本の○○と申します。いきなりですが、新喜劇の演出してもらえないでしょうか？」

なんやなんや？　吉本ってあの吉本か？　なんで私なんかのところに掛けてくるんや？　あんな大きな会社の人らが？　と、こっちは戸惑う。しかし、日々精力的に興行をやってる彼らは押しも強く、勢いもいい。

劇場だってそうだ。実は大阪の小劇場と呼ばれる二百人収容クラスの劇場が、今年またひとつなくなる。私達のホームグラウンドだった劇場である。悲しいというか、それ以上のショックで言葉もない。私なんてその劇場に愛をこめて一本脚本を書いてしまったくらいだ。それで来年からどうしたらええんやろう？　と大阪を見回すと、吉本の劇場だけが残ってるという状況なんである。なんでも梅田の方にまた一軒吉本劇場が出来るらしい。

昔はクラスの人気者で面白いことを言う子供がいると、「お前は吉本へ行け」なんて言ったものだったが、今では吉本に入ったというだけでエリート校に入学したような雰囲気である。「え、吉本に入ったん？　良かったなぁ」てなもんだ。「面白い奴＝吉本の芸人」

から、「売れ筋の一流の芸人＝吉本の芸人」に変わってきたということである。

もっとも、若い芸人の子達に聞くと一回舞台に出てもギャラは五百円程度で、電車賃の方が高くつくという話もある。売れるまでの道のりは並たいていのものではないのだろう。

ところで、私の笑いの神様はさっきも書いたが「喜劇王」と言われた松竹新喜劇の藤山寛美さんだった。

得意としてたのは「アホ」のキャラで、ドジな丁稚《でっち》や、誠実すぎる男なんかをよく演じていたが、その台詞《せりふ》の絶妙な間《ま》から、なんでもない言葉が魔法のように面白くなることを見せてくれた人だった。

全盛期にやったリクエスト芝居の衝撃も忘れられない。松竹新喜劇で上演したもののタイトルの札だけを舞台に掛けておき、観客に好きな演目を選ばせ、その場で舞台を組んで上演するという前人未到の企画だった。

つまり役者側は演じる直前まで何をやるか分からないというシステムだ。その司会まで寛美さんが務めていた。

「はい、それでは何を演《や》らせてもらいましょうか？」そう言いつつ、リクエストを受けていく。スタッフ側は用意に一分一秒を争うので、司会者の横でどうやらこの演目になりそうだなと察知したら、勝手にセットを組みだす、劇団員もメイク途中のまま舞台を走りぬける。当の寛美さんに後ろから衣装が着せ付けられるというスペクタクルだ。

見てる方は、本当に今から出来るのか？　全部の台詞を覚えてるのか？　とハラハラし、用意する状況も見逃せないという雰囲気で固唾《かたず》を飲んで見守る。演者の顔付きもだんだんと引き締まっていき、なんともいえない臨場感をかもし出していた。

確か五十〜六十本くらいの演目の中から選んでいたと思うが、今考えると奇蹟《きせき》のような上演である。まず観客の方もリクエストするくらいそれらの演目を知ってるということだし、全てのセットや衣装、小道具を置いてあったということも今では考えられない状況だ。どこから見ても藤山寛美こそは喜劇王の名にふさわしい人だった。

松竹、吉本。いずれにしても大阪人の心に響くのは「笑い」である。人生には辛いことが多い、だから普段は笑っていられるだけ笑おう！　この精神は戦争中すらあり、大阪の芸人が中心となった「笑わし隊」という慰問団まで組まれたそうだ。写真などで見るとミス若菜やエンタツ・アチャコなど錚々《そうそう》たるメンバーで、軍服を着て漫才をする彼らが、若い兵隊さんを大いに笑わせたという。

今でもその貴重な録音テープが残っているのだが、戦争中とは思えないようなお洒落なネタばかりで、当時の状況を考えると本当に笑いが必要だったのだなということが伝わってきて感動する。

大阪人にとって、笑いは絶対必要不可欠。それがなくしてなんの人生ぞ？　とみんなが思っているのである。

最後に私の友人のエピソードをご紹介しよう。

彼は今から十数年前のある夏の日、新婚旅行から戻ってきた日に家で食事をしていた。新妻が台所に行って、ガスに火をつけた瞬間、家の中が一瞬熱い空気に包まれたような感じになり、そして風が巻き起こったという。

プロパンガスの爆発だった。不運なことに真夏だったので彼は半パン一枚しかはいてなかった。当然、全身やけどである。

とっさの判断で奥さんを水を溜めてあった湯船に放り込み、自分も水のシャワーをかぶった。しかし、救急車が来たときには体が動かなくなっていたという。

その救急車の中で、点滴を打たれながら彼は死ぬ覚悟をした。というのも、救急車内のスタッフがやけどの軽い奥さんの方から助けようとしていたからだ。「ああ、助かりそうな奴から助けるんや」と彼は悟った。

そして、病院に運ばれ、いざ治療という時に看護婦が、穿《は》いていた半パンをハサミで切ろうとしたそうだ。そこで彼は必死に言った。

「お願い、死ぬねんやったらチンチン触らんといて。俺、この間結婚したばっかりやねん。綺麗な体で死なせてぇ」

と……もちろん看護婦は大笑いした。「そんなこと言うてると、ほんまに死ぬで」と彼女は返してくれたそうだ。

「だってな、ほんまに死ぬねんやったら笑って死にたいやんか？」

これが後日、その時の心境を語った彼の言葉だ。名言である！　そう、どうせやったら笑って死にたいものだ。大阪人と生まれたからには悩んで死ぬなんてナンセンスだ。うちの親父も死ぬ前に死ぬ真似《まね》をして周りを呆《あき》れ笑いさせてから死んだ。

私達大阪人にはそういうＤＮＡが組み込まれているのだろう。アホが格好ええと思ってる限り、大阪人はみんな笑い死にたいと願っている。それが名誉ある死に方だからだ。

# その六◎宝塚

大阪の男達が崇拝しているひとつの神が「阪神タイガース」であることは最初に書いた。では女達は？　と聞かれるとこれは明らかに「宝塚」である。

実際には野球とレビューというのは比べがたい。幅広く信者を持つタイガースに比べたら宝塚の存在は特異で、関西の全ての女達の神とは言い切れない部分も多い。しかし、あえて取り上げるのは、やっぱり宝塚歌劇団という乙女の園が、ある種の関西の女性にとってはステイタスだからである。

例えば女の子の高校生百人を集めて「宝塚好き？」と聞いても、せいぜい「好き」と答えるのは四、五人だろう。だが、「見たことある？」と聞いたら三割は「ある」と答えるだろうし、「テレビでは？」と聞けば八割の女の子が「はい」と言うはずである。

大阪、兵庫に住んでいれば宝塚の威力というのはなかなか見過ごせないものが今もある。

街中で「あの子、宝塚の生徒やで」と誰かがすらりとした女の子を指差したとする。すると関西人は一様に「うそ、すごいな」と答える。何がって、まず東大並みの受験をパスして宝塚に入ったということだ。エリートなんやなと思うのである。

そう、タカラジェンヌは年間四十人～六十人しか合格しないのだが、受験の倍率は六十倍～百倍。ちょっと可愛いくらいでは簡単に入れるわけがないという認識が定着している。よく芸能人の娘が宝塚に入ったというニュースが流れるが、その中の誰かがトップスターになったなんて話は聞かない。宝塚では二世だからどうの、なんてヒエラルキーは通用しないのだ。そこがまた公平さを感じさせて根強いファン層を形成するのである。

さて、では関西の女の子はどのような経緯で宝塚を見に行くようになるのかというと、まず「阪急友の会」というものに入会してる母親あるいは祖母がいるかいないかで第一段階が決まる。

「阪急友の会」は阪急百貨店の会員であることを示すのだが、その他にも阪急系列のいろんな施設の優待券などが手に入る。阪急電鉄が経営する宝塚もそのひとつというわけだ。

これに入会している祖母か母がいれば、女の子達は子供の頃に「友の会からチケット来たから宝塚に行く？」と聞かれることになる。娘は小さいのでよく分からないまま「うん」と答える。で、生まれて初めて宝塚という場所に連れていかれる。ファミリーランドの中には遊園地もあるし、動物園も植物園もあるので、子供は楽しい。そしてその一角にデンと建ってる宝塚大劇場に入るのである。

そこが毎日、女性ばかりで歌劇を上演している、世界に類をみない劇場なわけだ。女が男を演じ、華やかなレビューが繰り広げられる。女の子にしてみれば絵本のおとぎの国の登場人物が現実に踊ってるような感覚である。よくタカラジェンヌがどうして入団したのかと聞かれて「小さい時に見て、夢のように綺麗だったので絶対に入りたいと思ってました」と答えるが、それはたいてい「阪急友の会」の流れである。

ちなみになぜお母さんやおばあちゃんが阪急友の会に入会しているのかというと、宝塚は戦前戦後と女が安心して見にいける唯一の娯楽演劇だったからだ。時代背景からいっても厳格な父親がいるのが当たり前だった娘時代に、唯一許可されるのが宝塚歌劇だったという人は多く、青春の思い出なんである。

「テレビもなかったから外に出かけるしか娯楽には触れられへんかった。映画も寄席《よせ》もいかがわしいから行ったらあかんって父親に言われてたけど、宝塚だけはよかった」という世代にとってそこはまさしく夢の園。現実にはあり得ない美しい男や、素晴らしく贅沢《ぜいたく》な衣装を身にまとった乙女が登場し、歌って踊るのだから夢中になったことだろう。

また昭和初期から三十年代にかけて春日野八千代《かすがのやちよ》、越路吹雪《こしじふぶき》、乙羽信子《おとわのぶこ》、淡島千景《あわしまちかげ》、新《あら》珠三千代《たまみちよ》、淀《よど》かほる、八千草薫《やちぐさかおる》、寿美花代《すみはなよ》、有馬稲子《ありまいねこ》、浜木綿子《はまゆうこ》、加茂《かも》さくら……と書ききれないほどのスターが輩出されている。今なお商業演劇やミュージカルの世界で名を成す人ばかりだ。そりゃ宝塚以外は見てはいけませんと言われて育った娘が、他に目移りしなかったのも無理はない。

そんなわけで関西ではある時期宝塚好きの女性が増えた。やがてそれらの時代に観劇してきた乙女達が母になり、娘に伝えるという文化が定着し、お母さんに連れられて行くのが当たり前になったというわけだ。

観劇のための第二段階は、「阪急友の会」には入ってないが、宝塚が好きだったという年上の女性が周りにいることだ。私も、叔母が宝塚のテレビ中継を見ていたのに影響されて通い始めたのがきっかけだった。周囲の大人の誰かが好きだったからという理由で自然にとっつくという流れである。

第一、第二と外れても、学校に通うようになると、第三段階で友達の中に宝塚を好きな子が存在するようになる。特に女子校に通えば「宝塚行けへん？」と言われることは珍しくはない。

ただ娘時代に第三段階までに触れなかった人が、その後いきなり宝塚好きになるという確率はぐっと低くなる。やはり誇張した夢々しさを売り物にした舞台なので、若い頃に見ておかないと恥ずかしくてついていけなくなるものなんである。

とはいうものの、スポーツ新聞にも宝塚のニュースはひっきりなしに載るし、関西のCMに出てる人も多く、まったく閉鎖されたものではない。

宝塚を見に行く女性の特徴は育った家に余裕があること。それは経済的にも精神的にもだ。親がチケット代を払って、娘に観劇を許すという背景がないといけないからである。

特にお金持ちと認識された家の娘が多い。それには「へんなアイドルなんかにうつつをぬかすよりは、宝塚を見に行ってくれてた方が安心だ」という親の気分も影響している。この時代に何を言うてるの？　と鼻で笑う人もいるだろうが、上流意識に憧れ、身につけたがる癖からは逃れられない人が多いようだ。

もちろん私のように一般市民の娘も行くが、比率としてお金持ちのお嬢さんが多いことは否めない。

お嬢さん達は親に「宝塚に行く」と言ってお小遣いを貰《もら》い、実際に観劇する。といっても一回ではない。ひどい場合なら全ステージという人もいる。だんだんはまり、やがて宝塚ファンの権化《ごんげ》みたいになっていくのである。

タカラジェンヌは幾つになってもプロではなく「生徒」であることをご存知だろうか？　歌劇団はあくまでも花嫁学校としての教育を施してると主張する。だから結婚すると当然引退しなくてはならないし、それでなくてもたいていの場合、ある年齢に達するとみんな退団していくのだ。

桜の花のようにあっという間に咲いて、散りぎわまで美しく退団していくからこそ、宝塚ファンは納得して繰り返し新しいスターの存在を受け入れるのである。劇団運営を知ってる私から見れば、再生を繰り返すことでマンネリを防ぐという手口なのだが、一番華やかな時に惜しげもなく散って行くために努力する彼女達のストイックさにはやはり脱帽してしまう。上手《うま》い経営方法だなと思うが、つい乗せられるというのが本音である。タカラジェンヌにはいくら売れっ子になっても個人のマネージャーはつかない。生徒なんで自分のことは自分で管理するのが当然、公的なことは歌劇団がやるというシステムだ。これもなかなか上手い。何千人というファンに囲まれても、生徒なので特別扱いはないということだ。また野球選手のように個人の主張なんか効かない。歌劇団の決定はあくまでも学校側と生徒のやり取りなので、組分けもスターになるもならないも給料も、全て上からの決定なのである。

そうなると困るのはスターになった生徒達だ。実際にはレビューのプロとして働いてるわけである。それ相応の付き合いや、時候の挨拶、スケジュール管理に後輩への気遣いと、やることも多くなる。それを生徒だからと放っておかれたらたまらない。

そこで活躍するのがファンクラブの存在だ。母親に宝塚を教えられたお金持ちのお嬢さん達が、世話人としてタカラジェンヌの周りにつくようになるのである。車での送り迎え、お弁当の差し入れ、スケジュール管理、チケットの手配、挨拶状の送付から普段着の購入まで実質的にはファンクラブの女性達がやるという奇妙な現象が、宝塚では当たり前なのだ。トップスターに近くなればなるほどその世話人の数は増える。ファンクラブがいけてるかいけてないかでスターの人気の度合いが決まるほどである。

私の友達は、あるスターさんの運転手を稽古《けいこ》期間と公演中に務めていた。当番制で三日に一度なのだが、シフトがあってその管理もしていた。

また、知人の中には料理が得意なのでお弁当当番をしてた人もいるし、洋裁が出来るからと公演ごとに演目のイメージに合わせたティッシュカバーやお弁当の袋、ポットカバーなんかを作っていた人も知っている。デザイナーの友人は、あるスターのためにお礼状を毎回作っていた。

そして恐ろしいことにこれら全ての行為が無償奉仕なんである。花嫁修業の場として宝塚歌劇団が存在するというのなら、その余波で世話をするファン達もついでに修業になってるというような構図だ。

もっと恐ろしいのは、その無償奉仕をしてるお嬢さん達の裏でお金を出してる親である。子供の頃に見せたばっかりに……と嘆きつつ、悪いことをしてるわけでもないのでと妥協してしまう親も多いようだ。

家がお金を出してくれない人は働きながらでもファンクラブに関わるのだが、女が女に入れ揚げる独特の世界である。実際に見ないと、理解しにくい。ここに書かれる言葉だけでは抵抗のある人も多いだろう。

しかし、そんな女性が存在し、観劇と健全な奉仕を繰り返すというのも関西の文化である。少々偏《かたよ》って見えても、根っこは「阪神タイガースのためなら会社も休む」と言ってる親父どもと変わりはない。綺麗もの好き、世話好きの集まりというだけである。

頑張って!
お金OKよ
車もOK
サンキュー

# その七◎一番大事な神さん

今回は大阪の神々というタイトルにふさわしく、まさしく大阪一の神様を紹介したいと思う。

神様というと、なんか標準語臭くてこそばい感じだ。関西人はそんな言い方はしない。みんな神さん、仏さんと、さん付けで呼ぶ。

固有名詞になると「天神さん」「八坂《やさか》さん」「お西さん（西本願寺のことですね）」「お東さん（当然、東本願寺のことです）」「天王寺さん」などと呼ばれ、人の名前か？　と地方の人に勘違いされるほど親しみが込められる。

それだけじゃない。仏壇に飾る花だって花屋に行って買うときに「神さんと仏さん、二つずつちょうだい」なんて注文する。要するに神棚用の榊《さかき》と、仏壇用の花をそれぞれ二つずつ購入したいという意味である。

花屋の方はあらかじめそれ用に束ねて売っているので「はいはい、神さんと仏さんワンセットずつね」とか言いながら紙に巻いてくれる。

神棚のごはんやお水も「えらいこっちゃ、今日神さん替えてへんわ」と言い、知らない人が聞いてるとややこしくてたまらない。

そうやって関西には身近なところに神さんがぎょうさんいてはるわけだ。ま、奈良を入れると千年以上も前からあるお寺や神社がゴロゴロしてるので親しみがあってもしょうがないのだが……。

子供の頃はお地蔵さんにもよくお菓子をあげに行ったものだった。どの町内でも小さなお社《やしろ》があり、夏には地蔵盆のお祭りが催される。それも町内会の役員の持ち回りだ。京都なんかでは絶対に外せない係りのひとつである。

以前、うちの劇団に京都在住の漫画家、ひさうちみちおさんがいたのだが、彼などは大真面目に「私、来年地蔵盆の係りですから休団します」と言ったものだった。それを聞いてみんな納得したが、東京の役者達は不思議そうに「地蔵盆の係り？」と首をかしげていた。

「関西では地蔵盆の係りをブッチしたら、近所からつま弾きにされるねん」と説明してるものもあったが、彼らにはなんで若者が地蔵盆に一生懸命になってるか理解は出来なかったようだ。

ま、それは余談として……さて、では大阪一慕われてる神さんは？　というと、これはもうダントツで「戎っさん」である。大阪弁では「えべっさん」と小さい「っ」が入るので念のため。

戎っさんは一月十日にお祭りがある。正確には九日の宵戎《よいえびす》、十日の本戎、十一日の残り戎の三日間だ。残り物には福があるというならわしも手伝ってか、十一日に行く人が多いのも特徴だろう。なんせ商売の神様なので大阪人は何があってもお参りに行く。はっきり言ってお正月の初詣なんかよりも、戎っさんの方が外せない。

大阪市内に住んでる者は淀川《よどがわ》より北に住んでると西宮戎《にしのみやえびす》、南に住んでると今宮戎《いまみやえびす》に行くのが常識だ。私は今宮さんの方が本筋なので、もちろんそっちへ行く。

戎っさんに行ったら、することは三つある。まずお参り。その時のお賽銭《さいせん》も「十分ご縁を賜りますように」で十五、「始終ご縁がありますように」と四十五、などと意味を重ねた数字の金額で入れる。羽振りがよければ万で入れるが、普通は四千五百円、千五百円程度だ。お金のない若者は百五十円、四十五円と小銭だけ、子供なんかは「ご縁」だけに引っ掛けて五円しか入れないが、千円以下はプロの商売人にはあり得ない。「いざという時にケチったらケチがつく」というゲン担ぎである。

私の知ってるコーヒー豆の卸販売の会社をやってる社長さんは普段はケチだが、戎っさんには十五万円もお賽銭を入れるので有名だ。

「毎年、ご利益《りやく》があるからお礼せなあかんがな」という気持ちらしい。四万五千円でもええのになぁ、もったいないとつい思ってしまうところだが……。

それから二つ目は神棚のお飾りの笹《ささ》を買うこと。戎っさんの期間は神社で「商売繁盛で笹もって来い」という歌が流れているのだが、戎を始めとした七福神などの人形がついた笹が所狭しと売られている。どこでも同じだが飾りの多いものほどいいお値段で、十万以上するお飾りもある。大阪に本社がある企業などはそういうものを買って、社長室なんかに飾るようだ。

そして三つ目に「福娘」を見に行くのである。これはいわゆる「ミス戎っさん」のことだ。毎年関西中の女の子が応募し、ミスひとりと準ミス数人が選ばれる。福を運んできそうな、ふくふくしい顔の日本美人が選ばれ、戎っさんの行事に参加するのである。

大阪ではこの福娘になることはステイタスのひとつだ。嘘ではない。嫁に行くときも、福娘だったというだけで求婚者が増えるので、親が率先して応募するくらいだ。

「うちのお母ちゃんが、私の写真を勝手に福娘に応募しやってん。恥ずかしいわあ」と、学生時代に友達が言ってたのを思い出す。ひとりではない、数人から聞いたことがある。

みんな商売人の娘だった。

そういう子はたいていヤンキーで、イケイケのお姉ちゃんだったが、言葉上では嫌がりつつも、顔は笑っていたから、やっぱり福娘の権威はすごいものなのだろう。ああいう子でも受け入れていたのだから……。余談だが「福娘」と「タカラジェンヌ」は嫁入り先に困らないというのが関西のお見合い業界の常識だ。

その福娘を見たか、見られなかったかでも戎っさんにお参りした価値が上がったり、下がったりする。見ればもちろん福を見るわけなので縁起がいい。だからみんなわざわざ福娘を見るために近所の屋台などで時間をつぶして待っているのだ。

この三つを完璧にやって、大阪人はやっと「正月がきた」と言う。戎っさんは神さんの中でも、一番大事な神さん。不景気の時ほどお飾りの笹も高いものがよく売れると言われている。商売人にとっての「いざという時の神頼み」も、もちろん近所の神社ではない、戎っさんのことだ。

実は戎っさんを祀《まつ》ってある神社は二ヶ所だけではない。大阪にはあっちこっちにある。南森町というところにも堀川神社がある。みんなは「堀川さん」とか「堀川戎」と呼んでるが、口の悪い人は「貧乏戎」とも言う。

今宮や、西宮のような規模でもないし、なんか大阪の真ん中にあるわりにはバイパスの横とかに密《ひそ》かにあって、暗い感じがするのでそう言われているのだろう。「あんなとこ行ったたって、効けへんで。あそこの戎っさん、鯛《たい》持ってへんのとちゃうか？」なんて言い、酒の肴《さかな》にする人もいるくらいだ。

実は私は高校生の時にその堀川戎の近所でバイトをしていた。喫茶店だったので、戎っさんになるとシフトが変わり、ウエイトレスにも増員があって値段も戎っさん料金になった。

福
福
福
50年ッ前に福娘でした。
残
でもず～っと独身残り福いらん？

「ふっこ（私のあだ名です）明日から戎っさんや、いくら貧乏戎でも人は来るから、忙しいで」と正月早々に言われたものだ。

「戎っさんの時はオーダー遅いと怒られるで、気ぃつけや」

とも言われた。なぜか尋ねると「商売人が多いから時間のない人ばっかりやねん。そやし堀川さんに福娘なんか来《け》えへんから、ただでさえひとつは損覚悟で来るやろ、気ぃ立ってる人多いねん」とバイト先のチーフが説明してくれた。

怖いなぁそんなお客ばっかりやったら、と思ったものだ。堀川戎は重大な三つの行事の三つ目を飛ばしても、このさいぜんぜん戎っさんに行けないよりはマシだと思ってくる人の集まり、そんなところだった。

ここ数年は逆に「堀川さんが一番ええねん。今宮さんとか行っても、みんなの言うこと聞かなあかんから、戎っさんもいちいち本気にしてへん。その点、堀川さんは人が少ないから、よう言うこと聞いてくれはるわ」と裏版で来る人もあり、貧乏戎とはいっても、やはり戎っさん、他の神さんを祀ってある神社よりも景気はいいようだ。

テレビも毎年、中継を出してるし、ニュースにもなる。福娘が決まったら新聞の芸能欄にも一斉に載るので、我々にとってはまさしく一大イベント、一年の計は元旦ではなく、戎っさんにありというお祭りなんである。

うちの母も商売人なので、戎っさんにはうるさい。高校の時もその貧乏戎、堀川さんの近所でバイトしてたばっかりに笹を買って来いなどとよく言われた。

「あのな、なるべく最後の一本を買《こ》うてきて。正真正銘の残り福がええねん」などとぬかし、こっちがバイト中なのにあれこれ注文を聞かされたものだ。

　私も二〇〇一年に芝居を制作する会社を作ったので、最初の戎っさんにあたる年明けには絶対行かなくてはならん！　と思っていたのだが、なんと、東京公演中で宵戎にも行けないことが発覚した。

「どうしよう、こらまずいな」と本気でそう思うから変なものだ。町の社長さん達はこういう気持ちだったのかと、今頃になって納得した。

　幸い、劇団員以外のスタッフがいるので、その子に行ってきてもらうことになったのだが、やっぱり千五百円はお賽銭入れた方がええな、いや待てよ……会社できたばっかりやし、ちゃんとご挨拶するねんやったら四千五百円か。いやいや、そんなん最初からしたらイキってるみたいに思われても困るし、やっぱり千五百円でええか……とあほみたいに悩んだりしている。自分が商売人になったという自覚を持ってしまうと、戎っさんはものすごく気になる存在なんである。

　大阪の神々の中心に君臨するのはやはり戎っさんを措《お》いてほかには考えられないだろう。例えば究極の例をあげるとしたら、阪神タイガースが優勝する可能性のある日と戎っさんが同じ日だったとしても、けっしてお参りの人数に影響はしない。そういう時でも代理に誰か戎っさんには行ってもらうから参拝客の足に影響は出ないのだ。それが戎っさんの凄いところである。

# その八◎言　葉

関西に住んでる人はみんな関西弁を使う。当たり前のことである。大阪に住んでて大阪弁以外の言葉を使うなんて、考えられないことだ。

と、子供の頃は本気で思っていた。それに確信を得たのが、小学生の頃のフィンランド人の友達だった。

ルカと言う名の女の子で、近所の教会の牧師さんの娘だったのだが、今思えば、金髪の可愛いお姫様みたいな子だった。しかし、大阪生まれの大阪育ちなので、口が悪く、私とは喧嘩《けんか》友達でもあった。

見た目は北欧人だったので、背が高く、ちびの私のことをよくからかってきたものだ。

「ちびぃ！　そんなちっちゃい体でよう生きてるなぁ」などと言うので、その度にいじめてやった。身長が低くても、私は彼女より喧嘩が強かった。

というか、ルカはでかいくせに、ちょっと叩《たた》くとすぐにこけた。足が長かったのでもつれやすかったのだろうか、喧嘩に負けると彼女はいつも「覚えとけ、いつか勝ったるからな」と言い返してきて、けっして負けを認めようとしなかった。弱いくせに威勢は良いというパターンだ。こういうキャラを関西では「へたれ」と言う。「へたれる」は駄目になるとか、情けないという意味で使われる関西弁だ。「へたれ」というのは個人を指して言う。要するに「駄目な奴」とか「情けない奴」のことだ。ただ、勘違いしないでほしいのは、駄目でも愛すべき奴、という隠れたニュアンスがあるところである。「へたれ」と呼ばれる者は言葉上ではバカにされてるようだが、裏では「しゃーないなぁ、あいつまた強がってるわ。俺がついてたらな、あかんな」と、愛されてる一面がある。

ルカの場合もしかり。弱いくせに喧嘩好き、その上に、人魚姫のように金髪で可愛い容姿がミスマッチで面白く、へたれ度一〇〇%だった。

中学生に上がるくらいまで日本にいたが、道でバッタリ会うと「もう、耐えられへんわぁ、中学入ったら英語とかあるやん。難しいっちゅうねん！」と怒って、ますますへたれてたのを思い出す。「あんた外人やろ、英語くらい出来るんちゃうん？」と聞くと、「アホか、大阪弁しか出来《でけ》へんっちゅうねん」と言っていた。牧師の娘だったというところがめっちゃ笑かす。お父さんも宣教に来る土地を間違ったようだ。

ルカを見る限り、大阪人はまず、大阪弁を喋る人間を受け入れることが肝心のようだ。見た目が金髪の外国人でも、大阪弁を喋ればみんな「なんや、大阪弁やん」とすぐに安心するのである。

ただ、世間の人はみんな「大阪人は大阪弁さえ喋ってたら信用する」と思いがちだが、大きな勘違いだ。大阪弁の大事な所は、発音ではなくニュアンスにある。よく、ボケと突っ込みの間《ま》を引き合いに出されるが、そのとおり、大阪弁で喋るということは、間で喋るということなんである。この間が悪かったら、いくら完璧な大阪弁で喋ってても誰も相手にはしない。どちらかというと、第一に間、第二に発音という順番が正しい。だから大阪にはけっこう他府県の人も住んでるのだが、微妙な発音はみんな気にしない。テンポが大阪らしかったらそれでいいのだ。

ただし、例外として標準語だけは嫌われる。東京の人は信じられないだろうが、男が「ぼく」と言うと「気色《きしょく》悪い」と女の子に嫌われる土地である。男は「俺」または「わし」が正しい。「ぼく」なんて言うのは学校に行ってる時か、会社に入った当座、上司の前で使うだけだ。けっして日常用語ではない。

第一、大阪人は「標準語」なんて言わない。「東京弁」と呼ぶ。つまり私達の標準語は大阪弁で、日本で公式に決められた標準語は、東京地方の言葉という扱いになるわけだ。

うちの劇団に千葉出身の、及川直紀という役者がいるが、頑固者で大阪に六年も住んでるのにまだ東京弁を喋ってる。おかげで彼はこの六年間、彼女が出来ない。

「えー、嘘。言葉が原因なの？　そんなのヤダなぁ」と彼は言うが、それがあかんねん！

☆大阪人どうしの間では会話の相手が答えてくれることを前提として話してる。だから放っておかれるとすっごく淋しい〜くなる。
どうしょう食いすぎや
知らん知らん！今日は突っ込まへんで

その東京弁が！　と何度も注意してる。彼はまだ、大阪の女はみんな大阪弁を喋る男としか付き合わない、という絶対原理が分かってないらしい。

これほど東京弁が嫌われるのは、たぶんさっき言った「間」があまりにも違うせいだと私は思う。人の言葉の間、ニュアンスは育った文化によって形成されるものだが、それが大きく違っているのだろう。江戸の武家文化と、関西の商人文化の違いは現代にも大きく反映してるのである。

例えば男が女を口説く時だってそうだ。東京の男は、女に「今度さぁ、映画見に行かない？」とか「一回飲みに連れてくよ」なんて言う。優しく聞いてる感じだが、あくまでも男の方が立場が上、引っ張って行かなくてはならないというニュアンスがある。リーダー型というところだろうか。

これに対して、大阪の男は女を誘うときには自分の方が下だという感覚でくる。「なぁ、一回飲みに行こうやぁ」「なぁ、ええやろ？　一回でええからエッチさせて」という下《した》っ端《ぱ》型なんである。このニュアンスの違いは大きい。

家庭で聞く日常会話だって、同じことを言ってても、関東と関西では全然違う。

例えば、一組の夫婦がいたとして、奥さんの方が冷蔵庫の買い替えを望んでいたとする。少々値の張る買い物だ。こんな時、東京では女房が主人に「ねぇ、お父さん、大きい買い物したいんだけど駄目？」とまず聞く。武家社会の系譜としての関係がそのまま残ってるわけだ。夫はその時「うーん、いいけど、まだ早いだろう」とか返事をし、決定権が自分にあることを自覚するのである。

これが大阪だとどうなるか。まず嫁はんが「お父さん、冷蔵庫買うで。うちのん、もうあかんわ」と言い放つのだ。すると旦那は「そうか。まだ行けるんちゃうんか？」と言ってみるが、決定権が妻の方にあると思ってるので「何言うてるの、自分は冷蔵庫のことなんか気にしたことないやろ」などと言われて、あっさり引き下がるんである。

これが日常会話ということは、つまりこういう父と母に育てられた子供達がいるわけである。父親が偉いと思って育った東京の男は必然的にリーダー型になるし、母親が偉いと思って育った大阪の男は下っ端型になる。女の子だって、母親を見て育つのだから性格に反映されていくのは当然だ。

それが如実に表れてるのが女性の呼び方である。東京に住んでた頃に一番最初に驚いたのが、女の子を呼び捨てにする男達だった。

私は本名が芙紀子というのだが、東京の先輩や、会社の上司に「おい、芙紀子！」と言われてびっくりした。なんであんたに呼び捨てにされなあかんのよ！　と本気でムカつき、怒ってた。しかし、よく周りを見ると、みんなそう呼ばれてるし、女の子の方も平気そうなんである。

これは女性上位をモットーにする関西の男には考えられないことだ。呼び捨てにするのは自分の女と、娘、妹など血の繋がった年下の女性だけである。言葉遣いが丁寧な家ではそれもさせない傾向にあり、幼い兄妹がいたら、お兄ちゃんの方に妹を「ちゃん」付けで呼ばせるように教育する。

だから東京人のあの女性を呼び捨てにする感覚にはいまだに慣れないものがある。まぁ最近の関西の女の子はテレビなどの影響もあって、平気なのだろうが。

ここまで違ったバックボーンの形成によって、東京の男は関西ではモテないという結果が出てくるわけだ。及川直紀が六年、女日照りなのも分かっていただけると思う。

さて、大阪の男達の名誉のために、何でもかんでも下っ端型でないということも書いておこう。大阪の男が下っ端型になるのは、もちろん商人《あきんど》気質《かたぎ》からきているのだが、じゃあなんでも「へい、へい」と下手に出てるのかというと、そうではない。

大阪の男は下手に出ることで、後で笑うのは自分だと思ってる。立場と成功は別のものという考え方だ。「愛想良うされて、その気になるのは田舎もんや。自分の財布の紐はじぶんで締めなあかんで」と彼らは心の中で思ってる。だからよく大阪人はケチだと言われるが、そうではない。

大阪ではケチは嫌われる。始末《しまつ》をすることが筋なんである。ケチと始末。似ているようで大阪人にとっては、これまた全然違うニュアンスだ。

ケチというのは、自分のためにしかお金を儲けない奴、自分のお金を眺めて喜んでる奴のことを言う。儲け主義の成り金なんかをその対象にし、大阪商人の中でも最も嫌われるパターンだ。

始末をする商人たちは自分の代だけではなく、子孫繁栄の成功のための出資ならどんどんする。そのために日頃は始末するというのが本筋だ。

ケチは自分の家族の結婚があっても、その婚礼家具を値切ったりするものだが、始末屋はそんなことはしない。「こんな時は、ええもんを買うのが気持ちええ」と大盤振るまいをするのである。

この始末こそが大阪人の美学である。男達はそれだけはしっかりと教え込まれて育てられる。商売というのはひとりでは成り立たない。お客と自分との関係があってこそ、だから付き合いあってこそやと言われて、子供の頃から外向的に育てられるのだ。家のことは女に任せて、下手に出ていても、彼らは自分の成功がどこにあるのか分かっているから、平気なのだろう。

いざというときに、ちゃんと蓄えたものを出せる。これが大阪の始末の極意、そしてそれを躊躇《ちゅうちょ》せず出すのが男の成功、人望を得る瞬間なんである。

「おもろいことする時にはバーンと金出して、男上げな、いつ上げるねん!」という感覚だろうか。

岸和田《きしわだ》のだんじりなどが、その例かもしれない。祭りの時は誰よりも弾けて、寄付もしっかりするような男ほど、普段は腰の低い商売人なのだ。ええ格好するのは、一番効果的な時だけでええ、という大阪の男の見本みたいな人達だ。

ともかくニュアンス文化なので、ちょっと住んだくらいでは分からないというのが、大阪の特徴かもしれない。地方の人は、大阪弁で突っ込みを入れられると「この人になんでここまで言われるの？」と腹が立つというが、大阪では突っ込みは愛だ。

例えば居酒屋で、「ねぇ、この焼き鳥って、何の鳥？」なんてバカな娘が聞いたとする。大阪人はこんな時あっちこっちから突っ込む。「あほ、よう考えろ」「何か言うてるで、この子、どこの学校行ってたんや？」「おいおい、待ってくれよ、お前は焼き鳥屋のおっちゃんに申し訳ないと思わへんのか？」とまぁ、突っ込み方は千差万別だ。それぞれの個性によって違う。

しかし、絶対にしてはならないのが正解を言うことである。「何の鳥って、鶏に決まってるだろ」とは言ってはいけない。なぜならそこで「そうなんだ」と会話が終わってしまうからである。

バカ娘に「え、ほんなら何の鳥なん？」ともう一回は言わせる。そこで「考えろっちゅうてるねん」ともう一回突っ込む。そして会話を楽しんでいくようになっているのだ。それを「聞いただけだったのに、アホ考えろとか言われた」と取ってしまったらおしまいだ。これが大阪弁の基本的な展開と覚えておいてほしい。

だから突っ込みは会話の愛情なんである。たまたま誰も突っ込まない瞬間があったりすると「淋《さび》しーぃ誰も突っ込んでくれへんの？」と逆に自分から突っ込みを求めることも日常的な会話のパターンだ。

すべては、その空気の中でのニュアンスで成り立ってるのが大阪人。長く住まないと認めてもらえない理由はまず会話の間があわないと、次の付き合いのステップに行けないからなんである。

# その九◎大阪弁裏技講座

大阪人に「考えときますわ」と言われたら断られたと思いましょう。ある関西の企業の研修で、地方出身者が言われる言葉である。

大阪では「いりません」とか「断ります」という言葉は商売上発生しない。買わなくても、必要なくても「考えときますわ」という言葉で解決する。

だから関西に本社がある企業に就職した地方出身の新入社員が、営業で「こんな商品があるんですが」と売り込みをかけ、相手に「ほな、考えとくわ」と返事されて本気で「考えていただけましたか？」と聞きに行くケースがあるらしい。

関西人はみんなこれを聞いて「あほちゃう、断られてるのん解れへんのん？」と言うが、愛想よく「考えとくわ」と言われたら勘違いもするというものである。表現というのはなかなか難しいものだ。

これと同じような例で、自分がお客として店に入っても「なにかお探しですか？」などと店員に言われて「あ、いいです」なんて断ってしまう人はいない。みんな「また来ますわ」「今日は急いでるんで、また寄せてもらいますわ」と、買うものがなくても、初めて入った店でも、そう答えるのが常識である。

さて、大阪ではみんな「儲かりまっか？」と挨拶するなんて、思ってる人が多い。東京の友達に真顔でそう聞かれた時は笑ってしまった。もちろん、我々は普通に挨拶するのだが、船場《せんば》の真ん中に行くと、今でも当然のように「毎度、どないでっか？　儲かりまっか」という挨拶が成立していることも確かだ。

ところで、「儲かりまっか？」と聞かれたら「ぼちぼちですわ」と答えるのが当たり前だと思ってる人は大間違いである。普通は「あきませんわぁ」と言うものなのだ。これが「まぁ何とかなってます」という表現である。

ちなみに商売人の返事のランク下からいくと「さっぱりやわ＝なんとかやってる」「あきませんわぁ＝普通」「ぼちぼち＝そこそこ儲かってる」というのが通常だ。「儲かりまっか」と聞かれて「ぼちぼちですわ」なんて言ったら、相当儲かってるのだなと思われるので、商売がしにくくなることも忘れないでいただきたい。

もし、あなたが大阪に観光に行くなら、知ってるふりや、発音の合ってない大阪弁は禁物！　これは頭に入れておきましょう。よく地方の人が大阪に来ると、大阪弁を使ってみたくなるのか、メチャクチャな発音で「おおきに」とか「あきませんわ」なんて言う。まぁムカつくのも大人げないので、黙ってはいるが、あれを聞くと大阪人はかなり気分を悪くする。というのも、すでにご紹介したとおり、大阪人は大阪弁の間合いを大事に生きているので、イントネーションだけを真似されると、イライラするのである。発音を重視して喋るとたいていの人間はゆっくり喋る。すると大阪人は心の中で「そんなたどたどしい喋り方せんと、地方の言葉でええからちゃんとした間合いで喋ってくれ」と思うわけだ。

同じように「大阪は何回も来て知ってる」なんて言うと、とたんに反応が冷たくなるので気をつけてほしい。

大阪の人は地方の人が何も知らないという態度である間は親切だが、知ってると言うと「ほな、自分でなんでもせぇ」と手のひらを返すことがある。大阪人はおせっかいなので、知らない人にこそ大阪の良さを教えたいという気持ちがあり、知ってる人には教える量が少なくなる分、がっかり感が湧《わ》くようだ。

だから一、二回大阪に来たことがあっても「初めてなんです」と言った方が親切にされるので、シラを切り倒そう。初めて来たと言うと、たこ焼きはおまけがついてくるし、お好み焼きはお店の人が焼いてくれるし、服を買うときにも上手くいったらまけてもらえる。夜、飲みに行っても親切にしてもらえるので心配はない。

大阪の男と女が恋愛に陥る時、どういう会話が交わされるか？　これも標準語圏では想像がつかない表現が多い。

「あんな……好きやねんけど……」と男のほうが言い出したら、かなりのラブラブ度である。「けど」を付けるのは照れの表現で、こういう場合は「けど」が付くほど熱が高いと思っていただいていいだろう。

しかし、そんな告白を男からすると、女は必ず「なにそれ、あほちゃう」と答える。せっかく男が好きだと言ってるのにもかかわらず、女は「あほ」で片付けようとするわけだ。「なに言うてるん、あほらしい」と言われることもあるし、「あほ」とだけ返されることもある。が、共通して「あほ」が入ってればＯＫ。そのカップルはほぼ交渉成立という状況である。

反対の場合もそうだ。女のほうから「好きやねんけど」と告白しても、男は「何言うとるねん、あほなこと言うなや」とか「あほか、何や急に」と答えて、けっして「俺も」とは言わない。そんなこと言う奴はまずモテない。

ひどいケースになると、相手が好きだと言ってるのに「それがどないしてん？」と答えられる場合もあるが、そんな時でも大阪弁で言うと、否定形ではない。むしろかなり好きだよという表現でもある。

私の友人は女の子に好きだと言って、「あほか、笑かさんといて」と答えた子と結婚した。彼女を一生笑かすつもりらしい。

最近のバリエーションとして恋の告白には「いっとこか？」という表現もある。標準語に置き換えると「行っとくか？」と、そのままにしか訳せないのだが……うーん、プロ野球の近鉄バファローズの打線を「いてまえ打線」というのをご存知だろうか？「いてまえ」「いっとくか」「いっとこか？」などの「行く」という言葉は大阪では「する」とか「しよう」が進化して「どんどん積極的に」という表現なのだ。だから「いてまえ」は「どんどん頑張れ」という意味だし、男女の付き合いの中で「いっとこか？」というのは「付き合うか？」ということになる。

もちろん、ホテルの前で「いっとく？」と聞けば「セックス楽しむ？」という表現だし、教会の前で「俺らも、そろそろいっとこか？」と聞けばプロポーズの言葉だ。いずれにしても男女の間ではかなりの頻度で使われるようになってるので、新大阪弁としての認知度も高くなってきている。

余談だが、大阪でモテたいと思うなら、稼ぎがいいとか、容姿が素敵とか、真面目であること以外に「面白い」ことが必須だ。自分の彼氏が面白いことも言わず、真面目一辺倒だったら「うちの彼氏なぁ、お給料もまぁまぁやし、顔もええねんけど、アホせぇへんねん」と女の方は必ず嘆く。

「アホをする」というのは、面白いことを言うとか、洒落たことをするという意味にも使う。彼氏が「アホせぇへんねん」と友達が言い出したら、大阪ではかなり深刻な相談だ。私だってそんなこと言われたら真面目に解決法について考えてしまうだろう。

中学時代に付きあってた女を思い出せない男
こういう時は相手のことも気にせずアホと言ってもOK!
あれ?
だれ?
アホちゃう! わからんか?

「アホなことせぇへんかったら、何してるの？」と聞き返すような会話も成立するが、地方の人が聞いたらなんのことか分からないまま終わってしまうだろう。恋愛においての「アホ」な行為というのは可愛げのことである。だから「アホ」をしない男は、女を楽しませることが出来ないということで、会話の中で突っ込んだり、ボケたりしないことを示している。大阪で恋愛するのにこれがないのはかなりつまらない状況なのだ。

反対に「うちの彼氏な、会社では真面目にやってるみたいやけど、めっちゃアホやねん」と言うと、これは女の自慢である。自分の男はいけてるという意味で、聞かされてる方ものろけられてることを察知して答えるのが普通だ。

「アホ」と同じように、言葉の意味とは関係なく使用されるのが「あかん」という言葉。これも意味そのものは「ダメ」だが、千差万別に使われる。商売が上手く行ってるかどうかと聞かれた時でも「あきませんわぁ」と答えるように、あかんのバリエーションはかなり広範囲だ。

「なぁ、明日遊びにいけへん？」と誘われて「あかーん……待ってやぁ」と答えると、断っているように聞こえるが、大阪人同士では「脈が残ってるな」という手ごたえになる。あかんは「あかんあかん」と二度早く言うと完全否定だが、「あかんねん」と言うと、謝りの意味がある。また「あかーん」と伸ばすと「なんとかなるかもしれない」という意味を含み、検討の余地を残すことを示すんである。

「あかんやん」と言うと突っ込みで、これは普通にダメを出してる状態。「あかんやろ」と言うとやや強め。「そんなんあかんわ」と言うと絶対にだめという表現になる。丁寧語としての「あきませんねん」というのは表現は柔らかいが、意味的にはかなりの否定形だ。

大阪人は、アホとあかんを日に百回ずつくらいは言うので、住んでると違いがわかってくるかもしれない。

裏技ということなので、今日は特別に大阪の人しか使わない言葉を幾つかご紹介しよう。

『わやや な』……「わや」というのはダメと言う意味である。だからこれは「ダメです」という表現。

『しょうもないこといい』……「しょうもない」は「つまらない」という意味で、これはつまらないことを言う人という意味だ。大阪でそう言われるのは、ちょっと顰蹙《ひんしゅく》をかってる人のことである。

『チョカ』……これはあわて者や、子供のことだ。チョカチョカしてるという擬態語らしい。

『にくそい』……憎たらしいことで、女性用語のひとつである。

『いらち』……イライラしやすい、気の短い人のことを言う。大阪人には多い。そういう人が怒り出したら「あんた、いらちやな」と諭してあげるのも手。

『姉ちゃん婆ちゃん』……これは最近あんまり使わなくなったが、ようするに気の若いおばさんのことだ。または若く見えるおばさんのこと。見たままの表現だが語呂《ごろ》がいいので言うのだろう。

『チクる』……テレビのお陰で今では全国に広まっているが、もともとは大阪弁である。基本的には「言いつける」という意味だが、いい表現には使わない。どちらかというと裏切ったという意味で使うので「チクりやがって」という会話の流れの中で出てくる、危ない言葉だ。

『ズクズク』……水に濡れた時なんかに使う表現。「ビチャビチャ」よりももっと水分量が多いことを示す。

『へちゃむくれ』……ブスのことである。ここまで言われることは少ないが、大阪ではブス以上という表現でもある。

このへんの言葉がスラスラと言えるようになると、かなり大阪通と呼ばれるようになる。だからどうした？　という突っ込みの声がないことを祈りつつ、今回はこのへんで。

# その十◎喋る神様

関西には「桂米朝《かつらべいちょう》」という噺家《はなしか》さんがいる。数年前に人間国宝になられて、先日めでたく喜寿を迎えられた。

喜寿、ということは七十七歳だ。その記念の落語会も七十七に引っ掛けて七月七日にあった。毎年サンケイホールというところでお正月と夏の二回、大きな落語会をやられていたのだが、これを最後に大きなホールでの落語会は止《や》められるそうで、喜寿記念の上に最後のホール落語会とあって、夏の盛りだったが、たいへん盛況だった。

この人は大阪の神々の中でも「阪神タイガース」とか「食」という大きなくくりではなく、個人、単体の神様だ。いわば生き神様である。

喜寿記念の特別番組も大阪の各局で制作された。朝日放送では対談の番組が企画され、なんと私がそのお相手に選ばれてしまった。光栄というか……どうしようというか、なんというか、舞い上がってしまった。

私はもともと落語好きである。好きになったキッカケは小学生の時、三遊亭円生《さんゆうていえんしょう》師匠の「牡丹燈籠《ぼたんどうろう》」を聞いたからだった。あの話に出てくる、おみねと伴蔵《ともぞう》という夫婦の描写、その凄惨《せいさん》な最期。子供だったが、聞いていて映画を見ているような気分にさせられて、感動した。

喋ってるのは確かにテレビに映ってるひとりの噺家なのに、お話の映像が重なって見えるような奇妙な世界。落語の魅力はそんな二重構造の錯覚の妙なのかもしれない。

で、私の中に「落語」を聞くというベースが出来ていたのだが、子供の頃は、特別ハマるというよりは、機会があったら聞いていたという感じだった。

それが高校ぐらいからだんだんと、本格的にハマりだした。というか、高校生ともなると自分のバイト代でどこにでも、なんでも見に行けるようになるので、自然と落語会にも行き出したんである。映画、芝居はもちろんのこと、商業演劇、歌舞伎、新派、宝塚、バレエ、文楽、落語、お能や三味線の会、絵の展覧会にも……興味のあるものは何にでも行った。学校なんか行ってる暇はなかったほどだ。

で、関西に住んで落語を聞いてる者が、米朝独演会を避けることなんかあり得ないんである。全ての落語好きの道はサンケイホールの米朝独演会に通じるといっても過言ではない。そのへんからして、生き神様という表現がいかにオーバーじゃないということが解ってもらえるだろうか。

ただ、私の場合は二十一歳から東京に住み始めたので、事情が変わった。「ああ、大阪弁が聞きたい！」という欲求が自然と湧いてきて、大阪の友達に落語のテープを送ってもらっていたのだ。それを通勤の行き帰りの電車の中で聞き始めたのである（当時はＯＬでしたから）。

そして、いつのまにか、朝、ウォークマンに落語のテープを一本入れて出勤するのが日課になっていった。聞いていたのは米朝師匠や、そのお弟子さんで、大阪の若者のカリスマ的存在だった枝雀《しじやく》師匠、六代目の松鶴《しよかく》師匠の落語のテープだった。東京の落語は生《なま》で聞けるので落語会に行ったが、通勤時間はもっぱら大阪の噺家さんのテープばかりだった。

ただ、たくさん聞き始めると、噺家本人の喋りを楽しむようになり、初めて聞いた「牡丹燈籠」のような二重構造の世界を見ることはなくなっていた。単に大阪弁が聞きたいねんという、こっちの欲求もそういうモードになっていたのだろう。

そして、ある日、米朝師匠の「たちぎれ線香」と書かれたテープを何気《なにげ》に入れて、いつものように聞きながら満員電車に揺られていた。送ってくれた友達から「これは絶品、まぁ聞いて」とメッセージもついてたので、楽しみにして電車に乗った。

問題は私が大阪弁の心地よさと、笑うことを目的としていた点である。

「たちぎれ線香」は、とある船場《せんば》の若旦那があんまり芸者遊びが激しいので、勘当になるかもしれないというところから始まる。親戚一同が集まって、彼の素行に対する会議が開かれているのだが、当の本人はその会議には参加できない。自分の身の上がどうなるのか、聞きたいので丁稚《でっち》をつかまえて、小遣いをやり、何とか聞き出そうとする。

上方《かみがた》落語特有の船場の話である。江戸落語が長屋話が多いのに対して、上方は船場の商家の話が多い。土地柄だから当たり前だが、大人対丁稚の会話が軽妙で、大阪を離れて暮らしていると、それを聞いただけでも可笑《おか》しいのだ。

お話はそうやって若旦那を芸者から遠ざけるために会議が持たれ、番頭が百日間、蔵へ入れと言い出す展開になる。要するに謹慎という意味での監禁だ。

若旦那は了承し、蔵へ入る。さて、次の日から太鼓持ちや、遣いの者が若旦那の恋人である芸者の手紙を持ってやって来る。来るわ、来るわ、行列が出来るほどの賑《にぎ》わいになって、困った番頭が、手紙受け取り専用の丁稚を決めたりもする。

このへんまでは楽しい、いつもの落語通勤と変わらなかった。私は満員電車の中で笑いをこらえたり、ほくそえんだりして周りのサラリーマンを不思議がらせていた。

ところが、東京の通勤ラッシュである。そのうち身動きが取れなくなり、自分の手がどこにあるかさえ解らない状況になっていった。

その時からだ、この楽しかった話が思わぬ方へ展開し始めたのは。なんとこの若旦那が蔵に入れられて百日経った後から、この話は人情たっぷりの悲劇になっていくのである。

それは、若旦那が蔵から出て、すっかり改心したように見せかけ、とっとと芸者の家に走って行くとこから変わる。

せっかく訪ねて行ったのに、恋人である、うら若い芸妓《げいこ》、小糸が死んでしまったというのだ。聞けば若旦那の家に手紙を書くだけ書いて、恋わずらいに寝込み、とうとう彼が作ってやった三味線が届いた日に、衰弱して死んでしまうのだ。

「ちょっと、待って……なにこれ？　マジ？……めっちゃ可哀相やねんけど」私はそう思いながら、予期せぬ展開にボロボロ泣き始めてしまった。

初めて上がったお座敷で、初恋をする小糸の初々《ういうい》しい笑顔。おぼこい若旦那の白い手。幸せそうに芝居を見に行く二人。

恋しい人が急に来ないというだけで、病みつかれる若さ。うす暗い二階の寝間で食べるものが喉《のど》を通らないまま手紙を書く乙女の姿。

何もかもがタイムスリップしたように、目の前に広がって見えた。それはどこかで見たような懐かしい船場の路地や、裏木戸、芸者が足早に歩く時にチラリと見える紅襦袢《あかじゅばん》だったりもした。その時、私は話し手のつむぎ出す覗《のぞ》き窓から、確かに映像を見ていた。

「あ、これこれ……これや、落語の凄いとこ……」そう思いながら、久しぶりに二重の世界に酔った。

さっきも書いたとおり、最初のうちはニヤニヤ笑っていたんである。しかも満員電車で自分の手もどこにあるのか解らない状況だ。今さらウォークマンのスイッチが押せるはずもない。半ば強制的に悲劇を聞かされてる状態である。周りのサラリーマン達はさっきまで笑ってた女が今度は泣き出したのだから、さぞ気持ち悪かっただろう。

そんなわけで、この噺を語った米朝師匠に遅まきながら、ぞっこんほれ込んでしまったのだ。

東京で落語会をすることがあったら必ず行ってたし、お正月に大阪に帰ると、サンケイホールの独演会にも行った。もちろん、戻ってからはあっちこっちに聞きにいったものだ。そのおかげで、弟子である吉朝《きっちょう》さんの存在も知り、仲良くなって、ついには一緒に芝居をやることにもなった。

そうやって、いろんな落語を聞くようになって解ったのは、あの二重の世界を見せてくれる噺家がそう多くないということである。それは噺家さんのタイプによっても違うし、力量にもかかってくる。私のようにボーッと聞いて笑ってるだけの客にいきなり襲ってくる感覚なのだから、米朝師匠に見えないはずの映像を見せられて、魅了された人は多いに違いない。落語好きの人にはたまらない瞬間だろう。そのへんが師匠が人間国宝たる所以《ゆえん》である。そして、大阪の神様のひとりである理由だ。

そんな神様と対談……これが事件でなくしてなんだというのだろうか？　我が家はこの仕事が決まっただけで大騒ぎになった。母親なんか舞い上がって「良かったなぁ、あんた。あんなしょうもない芝居やってても、立派になって」と言ってくれた。

娘のやってることはイマイチだが、米朝師匠と対談できるのだから、たいしたもんだということらしい。師匠の偉大さが窺《うかが》えるエピソードである。

で、当日。テレビ局のセッティングした場所はなんと南堀江《みなみほりえ》！　大阪で今一番お洒落なスポットである。東京でいうと青山、代官山みたいなところだ。

米朝師匠と対談というから和風な場所を想像していたのだが、どうやら裏をかかれたようだった。

私は朝からスーツを着ては脱ぎ、スカートを穿《は》いては脱ぎ、化粧しては取りして、全然落ち着かないまま指定された場所に向かった。

そして、三十分ほどの短い対談。芸談というやつだが、何を聞いたのかもほとんど覚えていない。ただ、堀江あたりは昔は芸者さんがたくさんいて、派手な盆踊りがあったとか、「朝日新聞のエッセイ読んでるで」と言われて、なぜか「すんません」と謝ったりしたことくらいしか記憶にない。

そして、無事対談が終わり、このままお疲れ様と別れるはずだったが、何を思ったのか師匠が「おっ、ここの公園ええな」と急に言い出し、弟子に「缶ビールを買《こ》うてこい」と言ったかと思うと、木陰にドンと座って、ご陽気に喋り始めたのである。

あっけにとられたのは我々一同だった。「え？　桂米朝が公園で缶ビール飲むの？……どういう展開？……マジ？」とみんな、お互いにどう対処したらいいのか解らないまま立っているという状況だった。

言い放つ国宝、桂米朝
ここで飲もう
ためらう私
え…マジっすか!

ご機嫌なのは私ひとりである。「わーい、缶ビール！」と喜び、師匠の横に座ってしまった。……貧乏生活に慣れ親しんでいるので、こういう状況こそ大歓迎だっただけなのだが、考えてみたら人間国宝である米朝師匠が公園で座り込んでビールを飲みながら芸談を喋るなんて、あまりないことなのかもしれない。

「さっきテレビやから聞かんかったけど、正直な話、劇団で食うていけるか？」

「おいどというのは、大阪では綺麗な言葉やったんや。女の子はお尻って言うたらあきません、おいどと言いなさいって言われたそうやな。井戸端に腰下ろすやろう、そこからきてるらしい」

「ヨネゾウという弟子がおってな、こいつが面白い奴でな、ま、一時間は話が持つで。兄貴も面白い。あれは二十五分は持つ。兄弟で一時間二十五分は酒の肴《さかな》になるな。今度、吉朝に聞いてみぃ」

米朝師匠はさっきまでのテレビモードはどこにいったのかと思わん勢いで、缶ビールを飲みつつ、公園で語り始めた。

時々、人が「まさか、こんなところに米朝さんが……いや、いくらなんでも、ちゃうやろう」という雰囲気で気にしながらも声をかけてこないまま通っていった。

大阪人は気さくであると言われるが、まったくだ。こちらが神様と奉ってる人でも公園に座り込んで缶ビールを飲み始めるのだから、無防備というか、陽気なもんである。

その日、我々は公園宴会を二時間半も過ごし、別れた。「今度はもうちょっと、まともなとこで、飲もうな」と言ってくれたが、大阪広しといえども米朝師匠と公園で飲んだ経験の持ち主はあんまりいないだろう。ご陽気な神様と貴重な体験をさせていただいた。

# その十一◎女神

大阪の女は日本一働き者だそうだ……本当か？　うーん、確かにみんなよく働く。商売人も多いし、会社に勤めてるといっても、大きな商売にかかわって給料を貰ってるという感覚がリアルだからだ。

ＰＨＰ文庫から出てる『大阪人と日本人』（藤本義一・丹波元著）という本を見ると、全国の女性の睡眠時間の統計で、大阪は最下位。つまり日本一寝ない女が揃《そろ》ってるという土地だ。

比例して、趣味につかう時間は一位。寝なくても遊ぶ時間はとるということだろうか。

ちなみにそんなに遊ぶ金があるのか？　というと、そうでもない。東京と大阪の対比では年収三百万以上と答えた東京人は三〇％、大阪人は一九％だった。東京の女の子の方がたくさん給料を貰ってるという結果が出ているのだが、なぜか遊ぶ時間に費やす時間とお金は大阪の方が多いということになる。

大阪の女がいかに、お金をかけずに趣味にいそしんでるかが窺《うかが》える。たぶん、安い食べ歩きとか、郊外にドライブとか行って、気分転換をしてるだけでお金は使ってないのだろう。

そういえば、最近出来たユニバーサル・スタジオ・ジャパンも、大阪人はわざわざ現地まで行って、門の前で写真を撮るだけで帰ってくるらしい。

「はい、今日は気分だけ味わったから、近所の安いとこでメシ食おか」ということになる。中に入るのは、そのうち商店街の懸賞が当たるか、知り合いの保険の外交やってるおばちゃんが割引券を持ってきてからにしょーか、というノリである。

限りなく正しいというか、倹約することで遊びを何回もに分けて楽しむ方法に長《た》けてる人が多いようだ。

入場しても中では高いから食事はしないという人も多い。みんなお弁当を作ったり、わざわざ外で食事を済ませてから行くというパターンだ。もちろん帰りがけにお土産《みやげ》を買う人も、中心地に住んでる人にはほとんどいない。

買ってるのはちょっと郊外の人か、田舎から遊びに出てきた人ばかりだ。

ここで書くのもなんだが、私も取材の依頼が来て「やったー、タダやったら行く」と言って行った口だし、うちの旦那も手伝ってるウェディング系の会社の招待で行った。夫婦揃って自分のお金では行かない気だったわけだ。

大阪の女の話に戻ろう。私は関西の女はみんな女神みたいなもんだと思う。働くのも好きだし、お金の上手な使い方も知ってる。それに他人になにか頼まれたら断らないのが常識と言われて育つので、少々自分の時間が減っても、文句は言わないからだ。自分がどうかは分からないが、大阪で「大阪人の女神は誰か?」と聞いたら、たいていのひとが「うちのお母ちゃん」と言うだろう。今でこそ「主婦と仕事を両立させてる」なんて言うと偉いみたいだが、大阪ではみんなそうだったのだ。

うちの叔母の話をしよう。かつて、私の実家には、親戚が四世帯一緒に住んでた。うちの母が大家で、両親の兄弟一家が四家族住んでいたのだ。うちを入れると五世帯、なかなか賑やかな家だった。

その中でも一番人が多かったのが母の弟一家である。母の弟、つまり私の叔父、そしてその奥さんである叔母。それから子供が五人いた。要するに従兄弟達だ。全員で七人の大家族である。

三人家族のうちとは違って彼らはいつも賑やかだった。なんせ、子供が五人である。それも一番上から下までの間隔が十年ほど、男の子が四人、女の子がひとりという構成だ。今考えたら、うちの叔母はどうやって育てたのだろうか、考えられない事態だった。

覚えているのは小学校に長男、次男、三男、長女の四人が同時に通っていて、授業参観になると、叔母が走り回っていたことだ。時々、うちの母が代わりに回ったりして、親達の運動会みたいになっていた。

朝、学校に行く前に彼らの部屋に行くと、叔母がパンを焼いてバターを塗っては子供達に与えていたのを思い出す。そのパンを焼くのも昔のトースターである。二枚ずつしか焼けないのだが、ガタンという音とともに二枚のパンが焼けたら、彼女はそれを魔法のようにささっと取り、次のを入れていた。そしてバターもいちいちバターナイフなんか使っていたら間に合わないので、銀紙を途中まで破ってそのまま持ち、まるでスティックのりを塗るようにしていたものだ。

「はい、焼けたよ。食べなさい、すぐに次が焼けるから」と言いつつ彼女の手は休まることはない。子供達に二枚ずつ、合計八枚のパンを次々と焼いてはバターを塗って食べさせ、学校に送り出すなんて、考えただけでも気の遠くなる話ではないか。

それに朝からハンカチ、ちり紙、忘れ物がないか、爪は切らせたか、連絡ノートに捺印《なついん》はしてやったかなども確認しなくちゃならない。四人の下の小さい赤ちゃんまで起きてきて、離乳食も食べさせなくてはいけないという地獄のような光景だ。

それから大変だったんだろうなと思うのは洗濯だ。今の時代で考えても五人分の子供服の洗濯というだけで想像を絶するが、我々の子供時代は昭和四十年代初頭だったので、洗濯機も脱水機がついてなかった。大きな二つのローラーに洗濯物を挟んで水気を切るという仕組みのものである。

それを五人の子供分やって、干す。おまけに赤ちゃんの紙オムツなんてものもなく、綿のおしめを洗っては使っていた。三階にあった物干しに赤ちゃんのおしめが万国旗のように列をなしてたなびいていたものだった。

洗濯、料理に子育て……もう考えただけでもダイエット効果抜群である。そのとおり叔母はいつもスレンダーで、動きまくっていた。子供心に、いつもじっとしてない人というイメージのある人だ。

その上、彼女は子供達の洋服も縫っていた。昔は今ほど子供服も売ってなかったのだろうが、なによりすぐに大きくなる男の子達の服なんか買ってられなかったのかもしれない。お出かけの時に兄弟がお揃いの洋服を着てるのを見て、羨《うらや》ましかった思い出があるが、あれも生地代の節約なんかもあったのかもしれない。単純に五人の子供に服を着せるだけでも大変な出費だ。

そして、もっと凄いことに叔母は叔父の商売の手伝いもしていたし、年末なんかに実家に戻ったらそこの商売も手伝っていた。魚屋さんだったので焼き物のあと金串を洗ったりする仕事が多く、女手は重宝されたのだろう。

大晦日《おおみそか》の寒い夜に彼女が冷たい水をものともせずに、一生懸命洗い物をしていた姿を思い出す。まさしく女神のように神々しい光景だった。

さて、「うちのお母ちゃん」的な発想以外のところで大阪の女神と言われて思い出すのが、織田作之助の書いた『夫婦善哉《めおとぜんざい》』に出てくる蝶子《ちょうこ》というヒロインだ。柳吉《りゅうきち》という妻

叔母は当時 30代だったはずだが
今の私よりも ぐっと色気もあり大人の女だった。
定番のパーマネント
昭和40年代ファッション
赤い口紅がとても似合った
子育てダイエット?
くそがきだった私はおかっぱ頭に後はかりあげスタイル!
昔からチビだった。

子持ちの男に甘えられ、すかされて、いつも面倒をみてやる状態に追い込まれ、追い込まれするのだが、そのたびに「もう、しゃーないなぁ……うちがなんとかしてあげんとあかんわ」と、諦めつつ、世話をしてやる。

これを読んだ東京の友達が「なに、この小説？　こんな男、別れりゃいいじゃない」とあっさり言ったが、そこが大阪の女のアホなところなのだ。なまじ世話好きで、働くのが嫌いじゃないだけに、面倒をみてやる蝶子もありかと思うわけだ。

「ええやん蝶子、アホやけど、こんな女もおるで。自分が納得して貢いでるねんやったら、ええんちゃう？」

と、思えてしまうわけである。男達にとってはちょっとありがたい話なのかもしれない。

現にさっきの本の統計では、大阪の男は日本でも有数の「働かない男」であるようだ。

その上自覚もあるらしく「家族に自分がどう映ってると思うか？」という項目で「家族行事のリーダー」「会社中心の仕事人間」と答えた関東人は両方を足すと五七・三％あったのに比べ、関西人は四四・三％である。

一方「寝ごろパパ」と答えた人は関東で二一・五％、関西で三三・九％だ。日本の男というと働き者で、家にも帰らない人が多く、一家の責任者であるというのが典型的な考え方だが、大阪では既成概念は通じない。

現に「うちのお父ちゃん、絶対あかんわ。大事なことはお母ちゃんと相談せな」と言う子は多い。父親に絶対権力がないというか、母親がしっかりしてるのである。

さて、それでは私の両親がどうだったかというと、うちもまた典型的な「お母ちゃん女神一家」だった。

なんせ、うちの親父は家にお金を入れたことがなかったらしい。おまけに母に小遣いをもらってとっとと遊びに行くような人種だった。

これだけ聞いたら「ただのヒモやん」という感じだが、昔の人だったのでなんとなく二人の関係は成り立っていたのだろう。

実際に父親が死んで、母と私の二人きりになったときも、母は「これで、ちょっと贅沢できるわ」と言い放ったくらいである。親父がいかに家族のお金と無関係だったかがわかる。

母は昔、自分でお金を儲ける方法を考えるのに、ひたすら智恵を絞ったらしい。今では考えられないが、彼女は外に働きに出たことが一度もないんである。にもかかわらず大阪に一軒、神戸に三軒の家を建てた。

あんまり不思議に思って、最近聞いてみたら、なんと「高利貸し」をしていたらしい。

戦後の復興期には日本もまず国を立て直すのが先決だったようで、「道路工事にお金を出さないか？」なんて土建屋さんが言ってくることがあったそうだ。

そんな時に母は知り合いの戦争未亡人たちに声をかけ、まとまったお金を集めて貸し、マージンを取っていたそうである。

呆《あき》れるというか、プチ悪人というか、人の金を貸し、利子のピンはねをやっていたわけだ。まさしく生きる智恵を働かせたという細腕繁盛記だ。

「そんなもん、働くとこもないし、戦争未亡人の人らはボーッとお金持ってるだけやねんもん。ちょっと回して利子がつくねんから、マージン貰っても文句なんか言われへんわ」

という母は、本当に逞《たくま》しい大阪の女だ。

この調子で彼女は土地も転がして、一等地になりそうなところの土地を買っては売り、また買った。勘が外れたらおしまいだが、戦後のそんな時期なんて、あまり外れることもなかったようだ。

母はそんな調子で、家にいたままさまざまなサイドビジネスで財産を増やしていった。

一例として思い出すのは、子供の頃、母の田舎に行った時のことだ。隣のおじさんがちょうど焚火《たきび》をしようと、庭に薪《たきぎ》を積みあげてた時に私達が通りかかったことがある。母はそれを見たとたん「ちょっと待った」と叫ぶと、家の方にずんずん歩いて行き、今から焼かれんとしていた木の根っこの部分を貰い受けてきた。

「こんなもん、何にするねん？」

父が不思議そうに聞いたが、彼女は「こんなええもん、焼こうとするやなんて、知らん人は怖いなぁ」と言い放ち、それを家具屋の卸商売をやってるところに持って行った。

そう、木の根っこは磨かれて立派なテーブルに変身したのだった。もちろん、高く引き取ってもらったようだ。

いかがだろうか、うちの母の女神ぶりは？　大阪の女は多かれ少なかれ、みんなそんなふうに、働くことや、儲けることに快感を感じる体質が備わっている。女神というか……守護神的な感じだが。

# その十二◎大阪の男伊達

大阪の男は人生の最終型として「男のおばちゃん」になる。男なのに生活に細かく、気がつき、人の世話を焼きたがる中年になるのである。

これには食べ物が大きな要因を持ってるような気がする。関西人は食べることにこだわりがある。「マスコミなどでは取り上げられてないが、隠れた美味《うま》い店」の二、三軒を知ってないと恥をかくのが当たり前である。

そういう店に友達や彼女を連れて行って「ここ美味《おい》しいやん、よう知ってるなぁ」と賞賛されないと一人前の大人とは言えないわけだ。

もちろん、そのお返しに「じゃあ、今度は私があんまり知られてないけど、めっちゃ美味しいとこに連れて行くわ」と言うのも当たり前だ。ともかく特別に美味しい店に連れて行くのが挨拶の一環だということである。

男達がそういうことをしてると、どういう現象がおきてくるか？　味にうるさく、細かいことまで配慮するようになる。つまり女のように気が利くようになるんである。それが

「おばちゃん」化の第一歩というわけだ。

「あそこのたこ焼きは美味いな。外カリの中トロや。たまらんなぁ、あの中身のトロッとした食感、あれは山芋《やまいも》かなり使《つこ》うてるで。それからあのソースもええな、あっさり味やけどピリッとしてるやろ？　たまらんわ」

「何？　焼肉の美味しいとこ？　知ってる、知ってる。そんなことやったら俺に聞いてや。鶴橋とかもええけどな、俺がお薦めなんは今里《いまざと》や、あそこにええ店あるねん。韓国人のオカンがやってるねんけど、もうたまらんで！　絶対誰も知らんはずや。まぁ騙《だま》されたと思って行ってみぃ」

社会に出て働くようになると、男達は自然にこういうことを言い出すようになる。上司に「どや、最近ええとこ行ったか？」と聞かれたら「メシですか？　任しといて下さいよ。どこでも聞いて下さいよ」と答えなければ関西の男に出世はない。そして、自らおばちゃんになって行くことに抵抗しないようになるのである。

関東の男達が「メシはうまけりゃいい」というストイックさを守るのに対して、関西の男達は「メシはうまいだけやったらアカン」から切り出す。

「その日の気分とか、場所との兼ね合い。見た目もあるし、第一高いもんを安く、美味く食わな損やしな。あと旬のもんが一品入ってないとどうも味気ないやろ」と、こだわりを見せる。その言動全てが女の領域であることなんか考えてもいないようだ。

それがゆえに関西では年頃の男女が付き合ってもいないのに、一緒に食事をしに行くことも多い。美味しいものを食べに行くという目的で繋がってるので恋愛感情なんか抜きでも楽しく過ごせるわけだ。男達の「今日仕事が終わったら美味い店に行こうか?」という誘いはあくまでも好意ではなく行為なのだ。

では、もっと若い頃はどうなのか? これがまた男としての人生を前倒しして体現しているのか、妙におっさん臭いんである。

大学を出て社会に出た頃から彼らはだんだんおっさん臭くなってくる。普通なら二十代の前半なのだから若者らしくお洒落な感じでもいいはずなのだが、関西の男達は二十五歳を越えると極端におっさん化する。

若いくせに仕事熱心になり、日本酒好きになり、立ち飲み屋が一番落ち着くとか言い出す。もっとも顕著な症状としては二十七、八歳くらいから「なんや、どうしたんや。おっちゃんに言うてみ?」と自らを「おっちゃん」と言うようになる。

「東京とか行ったら三十歳くらいの子でも、まだまだ若い男の子って感じやで」と言うと「そんな東京のチャラチャラした男と一緒にせんといて下さいよ。ええ歳してなにが男の子や、男は大学出たらみんなおっさんでっせ」と答えるのが自然の流れだ。

こうした言動は全て中年以降、ねちっこいことを言う「おばちゃん」になるための準備期間なんである。可哀相だが、関西に住んでいればこれは避けられない運命だ。早く男としての過程を消化して、中年おばちゃんコースに入らないと周りに付いていけなくなる。

そして四十代になり、子供に「うちのお父さんって、なんかおばちゃんみたいやねん。ご飯食べてるときとかめっちゃうるさいし、焼肉なんか絶対焼かせてくれへん」と言われるようになれば一人前だ。

さて、こうやってはんなりした男のおばちゃんが出来上がるのとは対照的に、関西の女達は「おっさん化」する。男達と同じように若い頃にまず急速におばはんになり（早い子は小学校くらいから）中年以降に完全におっさんになる。

「うちのお母さん、男前やでぇ」と自分の子供に言われるようになったら、こちらも一人前。関西の女は先にも書いたが、家のお金を仕切るのが仕事なので男っぽくなるのかもしれない。

女の場合はそのままどんどんおっさん化していき、最後には自分で商売のひとつも立ち上げるようなところに行き着く。要するに男をまっとうするまで続けるわけだ。

だが、男はおばちゃん化したところがゴールではない。彼らはどうやらおばちゃん臭くなってきたところから母性を手に入れるようなのだ。そしてそれを行動に出そうとする。

まず自分の子供を可愛がるだけでは飽き足りなくなり、その友達や、近所の子供に声をかけるようになる。会社の後輩なんかに親切になり、面倒をみたり、飲みに連れて行っておごったりもする。

「おい、ええ店あるから行こうか。お金？　気にするな、またいつか何かで返してもらうわ」と言い出しとっておきの店に連れて行く。

後輩が仕事でなにか返してくれることを期待してとか、面倒見たから見返りを期待するというような即物的な行動ではない。ただ気に入ってるから、世話したいからという母性本能によって行動するのである。

その顕著な例が「谷町《たにまち》」だ。明治末期に大阪の谷町筋にあった歯医者さんが、お気に入りの力士から治療代をとらなかったことから、相撲のパトロンのことを「谷町」という。今では相撲界に限らず、支援する人のことをそう呼ぶわけだ。

この谷町になるのが関西の男達の最終地点である。男のおばちゃんになり、母性を手にいれて世話好きになる。そして最後には見返りを求めない究極の母性の証である谷町にまで行き着ければ、大阪男の一生は完璧になるというわけだ。

よく大阪人はケチだとか言われるが、無駄なお金を使わないだけでケチでもなんでもない。どちらかというと付き合いにかかるお金を他で始末するからそう誤解されてると言った方がいい。

「あそこの社長、相撲の谷町やねんて」と言われるようになると人の尊敬の目がついてくる。谷町になれるということは他人にお金を無償で出すということ。つまり自分の商売がちゃんと回っていて、家族も社員も養って、まだ余力があるという印なんである。それを私利私欲にだけ使わないという人柄も見えてくる。商売人の町では信用の切符を手に入れるようなものなのだ。

もちろん角界にまでいかなくても、何かしら支援するというスタイルは浸透している。若い噺家《はなしか》の後押しをするとか、自分の家が印刷屋だから小さい劇団のチラシをただで刷ってくれる所とか、町内の子供会の世話人をするとか、谷町の形もいろいろである。大阪の男のおばちゃんはお金にならないことをひとつは抱えておかないと一人前ではないということだ。

しかし、やはりキングオブ谷町は相撲を支援する人達。年に一回の大阪場所の時に会社や家に応援している部屋ののぼりを揚げて「うちはこの部屋を応援してまっせ」と表示する時の格好よさ。それを見て一般市民は「おお、あそこの家は相撲の谷町か」と尊敬の眼差しで見つめるのである。

昔、うちの叔母が勤めていた会社の社長さんも谷町だった。「一緒に相撲に連れて行ってもろたら、一般の人が買われへんような高い升席《ますせき》にドンと座らしてもらってなぁ。うちの社長のとこにお相撲さんの方から挨拶に来はってんでぇ」と叔母が聞かせてくれた時、子供だった私にもその畏敬《いけい》の念が伝わってきたものだった。

ところで、そんな大阪の男伊達《おとこだて》の頂点である谷町を、なんと私の幼なじみがやっていると聞いた。久しぶりにあった小学校の同級生、真鍋君である。

彼はその前の月にやってた私の劇団の芝居にも何度も来てくれたり、贈花や差し入れをしてくれて、おまけに後輩にチケットまで売ってくれた世話好きな男のおばちゃんである。「あんた、立派なオカンみたいやなぁ」と思わず褒めたほどだった。

その真鍋君から「もし良かったら、今月の相撲行けへんか？　まだ若い部屋やねんけど、大阪場所の時だけ世話させてもろてるとこがあるねん」という連絡が来たのだ。世話……？　まさかあの子が谷町を？　私の頭の中では小学校の頃から変わってない関係である彼が急に偉くなったような奇妙なパニックが起きていた。

彼の実家は天理教の教会をやっていて、どうやら毎春大阪場所になったらお相撲さんの宿舎を提供しているらしいのだ。聞けばおじいちゃんの代からの世話人だそうだ。

「おおっ、まさかと思ったが幼なじみに谷町が居《お》るとは！」と、私は心の中で叫んだ。これで私も一人前だと勝手に友達のやってることを自分に重ねてみたりなんかもした。

で、この春はまず真鍋家のご招待でうちの旦那とその友達が相撲を観に連れて行ってもらった。行く時のタクシー代から、チケット代はもちろんのこと、真鍋君のお兄ちゃんにお土産まで買ってもらって帰って来た。

「朝青龍《あさしょうりゅう》の灰皿買《こ》うてもらってん」

と、旦那は大喜びだ。子供かっちゅーねんと突っ込みたかったが、普段そういうお呼ばれにあんまり行かないので嬉しくて仕方なかったのだろう。

12歳当時
おいっパンツ脱いでみ〜俺も脱ぐからっ
☆真鍋君は大阪の
フツーのアホな子供だった。
まさか谷町になるなんて
私にとっては今でも
子供時代のままなのだが….
人間ってえらくなるんですね…

しかも彼らは真鍋家で催された「ふるまいちゃんこ鍋」の夕べにもちゃっかり付いて行って、三杯も食べて帰って来た。相撲部屋には後援会の人達を招待してちゃんこ鍋を食べてもらう日があるらしいのだ。

「美味かったでぇ。しかも食べてるのん谷町の人だけでなぁ。お相撲さんはみんな立ったままで絶対座れへんねん。ものすごい統制とれてて気持ちよかったわ、今の若い子やのにすごい世界やなぁ」

旦那はすっかり感心して帰ってきてからもしきりに相撲の話ばかりをした。「谷町になる人の気持ち判るわぁ」とも……いつか奴もそうなるのだろうか……?

その後、千秋楽の後で行なわれた打ち上げパーティにもお邪魔した。私もそれには付いて行ったのだが、いやー周りは全て谷町のおっさん、おばちゃんだらけ。すごい光景だった。

その日まで大阪場所に出ていたお相撲さんたちがズラリと並び、成績も発表される。乾杯の後はみんな休みもせずにお酌。そしてまだ十七歳だという一番若い新弟子さんも含めてカラオケをひとりずつ披露。それに群がるように、おばちゃん達がお札を割り箸に差してお相撲さん達の帯に挟みに行く。

その後のビンゴ大会も盛り上がり「ひゃー、すごいわぁ」の連続でパーティは終わった。ああいう明るいサービス精神と土俵でのストイックな面を代わる代わる見せられれば、ファンはやめられなくなっていくのだろうなと改めて感じた。

明日からもまた「谷町」である快感のために大阪の男のおばちゃんは働くのだろう。一生懸命稼ぐ、いらない物は買わない、そして使う時にはドンと見返りを求めずに使う。これが理想の大阪人である。最近はそこまでなれる人も減ったというが、谷町よ永遠なれ！と言いたい。

# その十三◎関西結婚狂想曲

日本人に限らず、家族の誰かが結婚するということは一家の一大イベントである。大阪ではさすがに少なくなってきたが、それでも関西ではやはり形だけでもと結納をする人もまだまだいる。代々関西に住んでるんで、家どうしのメンツみたいなものを守ることはやはり大切だと考えられているのだろうか。

私の知り合いの役者は家族の誰もが「結納はもういいでしょう」と省略しようとしてたのに、お嫁さんの両親に気持ちだけは見せたいと自ら結納のセットを買って来た。

だが、結納日の前の一週間、本人は東京公演があった。そこで彼はわざわざ大阪から結納セットを風呂敷に包んで持っていき、千秋楽に箱に順番どおりに入れなおし、次の日、嫁の実家がある長野に行くという行程を過ごした。

私もセットアップを手伝ったので覚えているが、芝居が全部終わった後でしこたま飲み、それでも結納グッズを「えっと……松はその次や」なんて言いつつ箱に入れた。彼と私とうちの旦那の三人で、酔っ払いながら朝までかかって入れた結納品は、やはり順番が間違っていたらしい。

しかし、そんな簡略化した中でも、結納をしないと気がすまないと言わせる習慣とはなんなのだろうか？　と頭をひねったものだ。

去年も芝居の演出中に、出演者が「明日、結納持って行く日なんで、稽古は朝しか来れないんです」と言い出した。人気狂言役者の茂山宗彦《もとひこ》君である。

「え、宗彦、結納までちゃんとするの？」

「さすがは狂言師やん」

私達は若い彼を取り囲んで嬉しがって聞いた。しかし本人は大真面目だった。

「そら、せなあかんでしょう。僕はええけど、相手の家が気がすまんのんちゃいますかねえ？」

と言う。そんなこと言われても、うちなんか大晦日に市役所に書類持って行っただけやしなぁと思ったが、よく考えてみればうちにも結納らしきものがあった。

我が家は私が一人娘なので、結婚するときに旦那に養子に入ってもらった。つまり私が貰った側なんである。式も何もしなかったが、うちの母親が「式はええけど、結納の代わりに着物作っておいたで」と旦那に大島の着物を一式持ってきたことがある。結納なんて言葉はうちでは死語かと思ってたが、母にとっては大事な男の子を我が家の姓に入れさせてもらうのだからせめて形だけでもと思ったらしい。

そういえば、少なくなったが確かに結納用品を売ってる店もまだ町のあちこちにある。ショーケースに金銀、色とりどりの紙細工で出来た松竹梅や鶴亀の飾り物が並べられてるあれだ。子供の頃は細工物好きだったので、よく足を止めて見入ったものだった。あれを作る職人さんになりたいとも思ってた（私は簪《かんざし》屋とかガラス工芸の店の前を通ると、これを作る人になると言う子供だった。職人さんに憧れていたようだ）。

名古屋に行くとあのキラキラした紙細工は関西の比ではない。鯛や海老、七福神なんかも見たことがある。さすがというか……どうせ捨てるのに何故ここまで？　という感じではある。

さて、関西結婚事情を結納を皮切りにご紹介しよう。さっきも書いたが儀式が一番簡素なのは大阪である。それでも形ばかりの簡単な結納をする家はまだまだある。結婚前に結納の佳《よ》き日が決まったら、花婿と介添え人で松竹梅の飾り物にお金などを入れた箱を持って行き、口上を言って納める。

昔は紋付袴《もんつきはかま》姿だったが、今はスーツを着て行くのが普通だ。そして相手方の家はこれを受けて食事を振る舞う。簡略化してるので「まぁビールでも」という感じだが、京都などでは仕出し弁当を取って待っているようだ。一方、西の神戸に行くと、結納を持ってきてもらったら後は一緒にレストランへ食事に行くというのが定番らしい。

世間では名古屋の結婚が凄いというが、関西で一番凄いのはその名古屋に近い奈良である。名古屋の由緒正しい流れを汲《く》んでいるといっても過言ではない。

実は私の親友が奈良の商売人の娘だった。彼女が結婚すると聞いたとき、慌てたのは私ではなくうちの母だった。

「え？　Bちゃん結婚するの、えらいこっちゃ。あんた向こうのお父さんに連絡して、大安の日は人が多いやろうから、せめて友引にでもお祝い持って行きなさい」

と急に言い出した。そして「字は代書屋さんで書いてもらうから。おめでたい字を書く人知ってるから」などと言ってパニックになった。

私は最初なにを大げさに騒いでるのか分からなかった。友達の中で初めて結婚する子が出たので、親が大喜びしているのかなぁとぼんやり思ったくらいだ。

しかし、その現象は他の友達の家でも起きていた。「うちのお母さんが着物きてお祝い持って行けって言うてるねん」と電話がかかってきたり、やっぱり代書屋でお祝い金を入れる袋に名前を書いてもらってきたとか、結婚式当日に渡したらいいじゃないかと家で言ったら父親に「あそこは奈良やぞ」とわけの分からない説教をされたとか聞こえてきた。

そして何も分かってない我々は親に言われたとおり着物をきて、普段使うお祝い袋の二倍くらいの大きさのものを、それぞれ家紋の付いたふくさに包んで持って行った。みんな立派な字が書かれていた。わざわざ書いてもらったものばかりだった。

「なぁ、中に幾ら入ってるの？」

私は奈良まで行く途中で不安になって友達に聞いた。すると向こうも同じ気持ちだったらしく「そうやねん。これでええのかなぁ……私三万しかはいってへんで」と即答した。私も中は三万だった。しかしお祝いを先に持って行けとか、着物を着て行けとか言われ、大きな祝儀袋を持たされて三万でいいのか？　と思うのは当たり前だ。親も「お祝い金の額じゃない、友達として奈良の家の子にはここまでしなさい」と先に言ってくれたらよかったのにと今では思う。

奈良県人に示すのは金額ではなく（もちろん親戚は金額もでしょうが）礼儀を通す気持ちだ。ここが関西人として押さえておかなくてはならないツボである。

で、その時はどういう状況だったかというと、奈良の友人の家では日頃ステテコなんか穿《は》いて家でくつろいでる花嫁の父が、ピシッと羽織袴姿で待っていた。「よう来てくれたね」と仏間に通され、私達のお祝いの袋を仏壇の横に並べられた祝儀袋の山の一番前に並べ「前の方がええな。あんたらは女きょうだいみたいなもんやからな」とか言って飾ってくれた。

こっちは内心「ええんかな三万しか入ってへんのに」と思ったが、どこかの店のような段々になった棚にびっしりと祝い袋が並べられてるのに圧倒されたものだ。しかも全てが、例の代書屋さんの字であろう立派な太字で「御結婚祝」と書かれている。母親が慌てておめでたい字を書いてくれる人の所に行ったわけもやっと分かった。結婚式前に持っていけという事態もあの光景を見て納得した。奈良では結婚前から祝い金を家に飾って、うちの家はこんなに祝い金をたくさんもらってるんだというパフォーマンスをするのである。

それから仕出し弁当を取ってもらってお父さんと食べ、今度はお父さんが自ら書いたという花嫁の嫁入り道具の目録を見せてもらい、実際紅白のリボンで飾られた桐《きり》のタンスや、鏡台も見た。タンスの中にはびっしりと旦那さんになる人の下着などが入っていた。

「なぁ、これ新しく住むところに入るの？」と当人に聞くと「入れへんよ。一応向こうに入れて、また持って帰ってくるねん。いつか家建てたらほんまに持って行くけど」と言う。形だけを先行する典型的なやりかただが、周りがみんなやってるので仕方ないのだろうか。

関西では生駒山《いこまやま》を越えたら結婚もえらいことになると言われている。ちなみに他にも奈良に友人がいるが、彼女が結婚した時は、桐の長持ちを誂《あつら》えて荷物を入れ、それに家紋の付いた大きな風呂敷をかけて二人の奴《やっこ》さんの格好をした人が運んで行った。あれを見た時「ああ奈良県人でなくてよかった」と内心ほっとした友達は多かっただろう。

もちろん奈良県人全てがそんなことをやってるわけではない、そのへん勘違いはなさらないように。

さてさて、そうやって結婚していく関西人だが、結婚式もやはり派手だ。東京の友達の結婚式に何回か出たことがあるが、それとは大違いである。関西の方がやはり田舎というか、歴史があるので仕方がないのだろう。

大阪、京都、奈良では女性はやはり着物主体。親類縁者は全て黒留袖《とめそで》。一部京都だけは色留袖を着るが、たいてい模様は松に梅がメジャーである。関東のものと違って金色系の染料や糸をたくさん使ってるのも特徴だ。

神戸では少し洋服の人が目立つが、結婚式になると洋服はやはり見劣りする。若い女の子でも親戚や親友の結婚となると着物が多くなる。

費用の平均は関西が約二百五十万と言われている。もちろん奈良が入ってるのでそのへんは差し引いて考えていただきたい。しかしその前に結納やらなんやらすることを考えたらやはり親は物入りだ。娘が三人いたら家が潰《つぶ》れると昔は言ったが、今も厳しい状況ではあるだろう。

新婚旅行もどちらかというと親戚代表の買い出し隊みたいな感じである。新婚夫婦は行った先で時間を惜しんでお土産を買うことになる。イタリアで会ったある新婚カップルはプラダの本店で店員があきれ返るほどのお土産を親戚中に買っていた。彼らは観光もせずに帰国したようだ。「ほなイタリアに行かんでもええやん」と突っ込みたかったが、あれが新婚の仕事だから仕方ないだろう。

こうやって結婚した若夫婦はその後、どちらの親の側に住むかでまず話し合うことになる。旦那の仕事の都合を優先する家は別だが、関西人はともかく親の側に住もうとするのが定番だ。結婚するということは家との繋がりを持つということなので、そのへんはみん

新婚旅行先で
みやげを買う2人
あきちゃんとこ…
お父さん…
お母さん…
おばちゃん
おっちゃん
吉川さん…
ひろみちゃん
嫁や
山本さんのおばちゃん
部長
あっ
智ちゃんな

な当然だと思っている。

東京のように親元を離れてることがないので、お盆やお正月に逆にどこかへ行くという人も増えてきた。田舎に帰るという行動をしないので一家で旅行に行ったりするのである。保守的というか、良くも悪くも関西人はあくまでも関西に留まるという行動を中心として生きて行くのである。

だから今でも外国人と結婚するとか、娘が遠くへお嫁に行くとなると大騒ぎになる。関西弁の喋れない親戚が増えることを受け入れられない人がどうも多いのだ。

笑ってるかもしれないが、関西で親が一番嫁に行ってほしくない地域は東京である。なんといっても東京弁が年寄りやおっさんの親戚に好まれない。「え？　○○ちゃん東京に嫁に行くんかいな、そら災難やなぁ」という話になる。

派手な格好や、人なつっこい喋り方からは想像してもらえないかもしれないが、関西人は家を守ることに関してはまだまだ保守的なんである。もしあなたが関東人で関西人をお嫁に貰おうとしてる男性だったら気をつけたほうがいい。親戚付き合いは甘くないですよ。

# その十四◎大阪で一番えらい人

嘘だと思う人も多いだろうが「大阪で一番えらい人は？」と聞いたら答えは「豊臣秀吉」である。

ね？　嘘だと思ってるでしょ！　でも本当のことなのだ。今でも大阪の人の中で幅を利かせてる権力者は時の大阪府知事でもなければ、芸能人でもなんでもない、豊臣秀吉である。大阪の人はもちろんそんなよそよそしい呼び方はせずに「太閤さん」と呼んでいるが。長年大阪城の近所に住んでるうちの母なんて、太閤さんのことを親戚かなにかと思ってるんじゃないのか？　と思わされる時がある。

「うちの前の道は太閤さんが通った道やで、由緒正しいねんから」

なんて言われると、知らない人だったらどっかの政治家のジジィの話か？　と思うところだろう。ちなみにうちの家は大阪城の南側、天守閣まで歩いて二十分足らずのお膝元《ひざもと》である。子供の頃は大阪城の敷地内にある道場で剣道を習っていたので、庭のようなものだった。

私も実家の側に家を建てたので大阪城はよく見る。というか目に入る。当然のようにそびえるあの大阪のシンボルが何回も焼けてなくなったなんて私には信じられないほどだ。大阪城は天災などで都合四回建て直してるらしいが、そのつどちゃんと復元するところが大阪になくてはならないものという証拠だろう。

で、太閤さんである。子供の頃から大阪の大英雄としてその名を教わった。「太閤さんを見習って」「太閤さんみたいに」「太閤さんが見てはるで」というフレーズは体の隅々まで行き渡ってるという感じだ。

もちろん太閤さんの権力は戦国時代から絶大なものだった。彼が大阪を天下の台所にし、商人の町にした。そのおかげでみんな今も大阪で商《あきな》いを営み、暮らしているわけである。四角四面な武家政治と違って、庶民の力で成り立ってきた大阪は、その基盤を作った太閤さんに対する敬愛の念が残っているのだ。

第一に、太閤さんは庶民の出身である。

それが才覚ひとつで一国の主になった。信長の草履《ぞうり》を懐で温めて出世の糸口をつかんだという伝説は商売人にとって武勇伝のようなもんだ。頭の良さひとつで頭角を現すことが出来るという商売の基本を示した人だった。

「太閤さんかって一文無しから始めはったんや、俺にかって出来るで。太閤さんになったる！」

昔、一攫千金《いっかくせんきん》を狙《ねら》って大阪に集まってきた商売人はみんなそう思ったという。何百年経っとるねん！　と突っ込みを入れたいところだが……事実それが原動力となって戦前戦後も大手の企業が立ち上がっていった。豊臣秀吉のように下積みから這《は》い上がるのが格好いいという感覚が発達してるので、大阪ではいまだに二世、つまりぼんぼんは甘やかされて育ってるからあかんという理論がまかり通っている。

私の親友が入った会社では、毎朝女子社員が会長の写真と太閤さんの絵の入った額を拭《ふ》いていたというから、商売人の中にも秀吉を敬愛することを形にしてる人がたくさんいるのだろう（ちなみに船場《せんば》の会社だったので体質が昔っぽいことを付け加えておく。みんながそうだと思われると変な大阪紹介になりかねないんで）。

「なぁ、うちの会社な、毎朝太閤さんの絵の入った額拭くねんで、どう思う？」

「なにそれ？」

「社長がめっちゃ尊敬してるねん」

「っていうか、太閤さんの絵って、なんか瘦《や》せた猿みたいな顔してるあれ？」

「そうそう、教科書のあれ」

「ふーん、よっぽど好きやねんなぁ」

「アホみたいやろう？」

「まぁええやん。悪いことしてへんし、商売繁盛するように縁起担いではるんちゃう」

この写真毎日
磨くぐらいやったら
彼氏の写真
磨きたいわほんま…
朝からものうい OL
キュッ
キュッ
太閤さんの
絵が……

「そらそうやけど」

当時の私と友達の会話だ。この会話からお分かりのように「太閤さん」の顔をなんとなく認識できる共通観念があるところが大阪人の特徴だ。教科書で見ただけだが、豊臣秀吉という名前が入ってるだけで親近感がわいて記憶に残るのである。

ちなみにそこまで有名なのだったら、大阪のことだからさぞ商売関連で「太閤」という名前が使われていることだろうと思われるかもしれないが、それはない。あまりにも尊敬されているからなのか「太閤〇〇」というように名前を冠に付けて商売しているところは一軒もない。今回も念のため電話帳で調べたが、やっぱりなかった。

唯一の例外は「太閤園」という結婚式場。ここはもと華族のお屋敷で、広大な土地と屋敷跡を式場に使っている。たとえ「太閤」と付けられていても誰もが納得する特別な存在だ。その名が付いているせいだろうか、大阪中の商売人が自分の子供を太閤園で結婚させたいと願ってるのも事実である。

うちの劇団員も商売人の娘で、父親のたっての希望ということで太閤園で結婚式と披露宴をした。それを聞いたとたん「あ、お父さんのパフォーマンスやな」と察知できた。実際に披露宴に行くと本人達がまったく知らない政治家や取引先の社長さん達がワンサカ来ていて、ここは証券取引所か？　という雰囲気だった。商売人ならあそこに正装して行きたいと思うようだ。

さて、太閤さんはもちろん大阪城に住んでいた。お城の周りの東西南北に四季折々の花を植えて愛《め》でたそうだが、今でも東側の梅園と西側（西の丸と呼ばれてます）の桜並木には大勢の人が詰めかける。大阪城を眺めながら花見をすると、まるで自分が太閤さんになったような気分を味わえるのでみんな悪い気はしないのか毎年どちらもすごい人気だ。うちの近所の商店街では十年ほど前に「大阪城築城四百年記念セール」を派手に開催していた。まぁあの時は大阪中祝ってたが。

そんなことだから当然、太閤さんの息子であった秀頼《ひでより》が徳川家康に滅ぼされたこともみんな根に持っている。「今でも？」と言われるかもしれないが、大阪では本気でそんなことを言う人がまだいるのである。個人的には千年以上前のことをこの間あったことかのように言う京都人よりましだとは思うが……。

で、イコール大阪人は東京人が嫌いという構図が成り立っているわけである。当然読売ジャイアンツも嫌い、東京色の強い政治家も嫌い、東京弁も大嫌いだ。

「標準語？　そんなもん使えるかいな、気色悪い。東京に行ったら男の子が『ぼくさぁ』とか言うねんで、こそばーなってくるわ」

と、大阪人は自分に危害でもあったかのように言う。テレビの普及でずいぶんイメージは変わったとは思うが。

それから「東京って堅苦しいし、しんどいから嫌」という人も多い。

笑われるかもしれないが、大阪の小劇場のひとつ「劇団☆新感線」が今から十五、六年前に初めて東京公演に行く時に水杯を交わしたという話は有名だ。今では東京の大劇場を一杯にする劇団だが、やはり東京とは怖いところ、嫌なところというイメージがあったのだろう。気持ちを引き締めて行ったということである。

うちの劇団でも若い劇団員が「え、東京公演ですか？……なんか嫌ですよねぇ」と本気で言う。まず東京弁を使う人ばかりで疲れること、なんとなく敵という感覚がすることなどを彼らは挙げるのだが、それこそが大阪人の血。打倒徳川の意識である。

「東京公演ってなんか疲れますわ。この間も三日でホームシックになりました。九州とかやったら何日居《お》ってもええなぁって思うんですけど、どうも東京はねぇ。第一、食べるもんまずいし、ソースが恋しくて泣きそうになるんですよね」

これは今年で三十歳になろうかという、うちのマネージャー談である。彼女はそう言いつつその日、日清のカップ焼きそばを食っていた。よっぽどソース味に郷愁を覚えたのだろう。

太閤さんが長年連れ添った北《きた》の方《かた》、ねね様を見限って若い淀君《よどぎみ》の色香に迷い、結局身を滅ぼしたことは有名だ。淀君が産んだ自分の息子が可愛いばっかりに、先に貰った養子、秀次《ひでつぐ》を死に追いやった。太閤さんのイメージはこのへんから悪くなる一方である。彼を愛する大阪人はそこが辛い。で、何でも悪いことは淀君のせいにするのだ。どんなに若くてピチピチした娘に迷っても嫁にだけはするものではない、太閤さんみたいに身を滅ぼすと本気で思ってる父親はゴロゴロいるだろう。

淀君の人気はそういう意味で大阪ではワースト1だ。「さげまん」「嫉妬《しっと》しい」「業突張《ごうつくば》り」という統一見解がある。

笑い話だが、うちの実家の前の道は淀君が参拝に通った道だそうだ。そのせいで道の両側の家には彼女の祟《たた》りがあるという。特に神社付近はその影響があり、数十軒も並ぶ家に住む夫婦のうち半数以上が死別、離婚などをしているそうだ。その上子供が居着かないというのである。

もちろん偶然なのだが、二年ほど前にもその道沿いに新しい家が建ち、三十代の夫婦と小学校に通う娘が二人越してきた。母も隣に若くて明るい家族が越してきて喜んでいたのだが、最初は花なんか植えて幸せそうだったのに、だんだん明るさがなくなり、先日とうとう離婚して奥さんのほうが子供を連れて出て行った。

その道の並びにはうちの実家を含み、六軒しか家がない。あとは学校や教会である。そのたった六軒全部の夫婦が片方しかいない上に、子供と同居していないというのも奇妙な偶然なので、そんなことを言うのだろう。実は、うちの実家には親戚を含めて五世帯の家族が住んでいたのだが、怖いことに全部旦那の方が先に病死している。

母などは昔の人なので「私が死んでもこの家に住んだらあかんで、旦那が死ぬか、出て行くから」と言い張る。六軒中、もっとも実家の近くに住んでる子供が私なので、本気で心配しているようだ。淀君もよけいなことをしてくれるものだ。

話を太閤さんに戻そう。古今東西、大阪の一番えらい人を挙げよといわれたら、彼はやっぱりスーパースターである。

大阪という自由な感覚の町の最初のスターだ。だからこそ永遠に語り継がれていくのである。大阪人のキリストみたいなもんだろうか。

かといって太閤さん絡みのお祭りや、行事もないのだが、それでもみんなの一番というところが凄い。いっそ太閤祭とかやって、商売の活性化でもやりゃぁいいのにと思ってしまう。あ、そうか……商売の神様、戎《えべ》っさんがいるのでそれは無理なのかもしれない。やっぱり太閤さんは神様ではなく、えらい人なんである。

大阪城の敷地内に豊国《ほうこく》神社というところがある。あまり知られていないが出世祈願の神様である。太閤さんのように裸一貫から天下人に登りつめるという一攫千金を夢見る人にとっては隠れスポットだ。ご利益があるらしいので一度行ってみてほしい。

ただし、大阪城の南側に淀君のお墓跡があるので、出来れば西門から上がって行かれることをお薦めしておく。商売が成功しても家が潰れたんじゃ元も子もないので。

# その十五◎都再生？

大阪は水の都と言われている。昔は大阪の北側はほとんど海だったらしい。今では市内の真ん中に位置する大阪城も昔は北側全てが沼地で、ちょうど台地の突端にあり難攻不落の城として建っていたという。

そういえば船場《せんば》や北浜、淀屋橋《よどやばし》などの商売の中心地にも水辺の名残である地名が残ってる。梅田の由来も「埋めた」という言葉からきているらしい。

確かに子供の頃から「大阪は八百八橋《はっぴゃくやばし》の水の都」と聞かされて育った。「なんじゃそれ？　橋が八百八あるってことやんな？」「誰が数えたん？」「語呂がええから言うてるだけちゃうん！」などと小学生の時に友達と言い合って笑ったものだ。

しかし驚いたことにこの間「じっさいに調べたら八百以上あることが分かった」という人に会った。「マジで調べるか？」という突っ込みはなしにしてもご苦労な話である。住んでてもそんなに川の多い感じはしないのだが、橋がないと生きて行けない土地だったのねと改めて思った。

あ、ここで勘違いされては困る、困ります！　というのも水の都というと、人はものすごく綺麗なイメージを持ちたがるんである。溢れる泉、新鮮な空気、美しい澄んだ水が流れまくってる都……なんてものを想像しがちだ。

だが、大阪の水は全然綺麗じゃない。それどころか普通の都会の川よりもずっと汚れた川ばかり。映画にもなったがまさしく『泥の河』だらけだ。

「なんかドブ臭い」というのが大阪の街のにおいなのだ。昔はそりゃひどかった。私が子供の頃、昭和三十〜四十年代後半は絶頂期だったらしい。特に、住んでいたのが海に近い西区だったので、思い出は鮮烈なのかもしれないが。雨でも降ればすぐに川が氾濫《はんらん》して床下浸水になるのが日常茶飯事だった。

三歳くらいまでは、下町の路地に並ぶ典型的な長屋に暮らしていた。だから雨になると水の逃げ場がなかったのだろう、家の前の石畳の道がすぐに川のようになったのを覚えている。

私はそうなると嬉しくて大きな長靴を履いてバシャバシャさせながら遊んだものだった。近所に子供がいなかったので、私の友達は三軒先の家に住んでいたタチバナさんというおばあちゃんだった。雨が降って家の前が川になると、大きな金盥《かなだらい》に乗って一寸法師のように漕《こ》いでその家まで行ったりもした。子供にとっては数メートルのその漂流が大冒険だったのだ。

冷静に考えればよくそんな不衛生なことをしていたものだが、大人達は喜んで遊ばせてくれたし、危ないとか汚いなんて感覚も今よりはずっと緩いものだった。

その後、大阪城の付近に引越してからも似たようなことはよくあった。大雨が降ると大阪で一番高い丘の上にあるという大阪城の方からどんどんと水が流れてきて、面白いほど道路という道路が泥の川になった。私達は大喜びで遊んだが、親達は「もう、また家が臭《くさ》なるわ」と嘆いたものだった。

水の都というか、水の中に街を作ってしまったようなところがあるので、川も浅く氾濫なんかしょっちゅうだったようである。

そんな大阪だったので、昔から水の都のくせして井戸を掘っても泥水ばかりが出てきて、飲み水も確保できてなかったらしい。江戸時代からつい五十年ほど前までは京都の方から水売りが来て商いをしていたというから、その現状はお解りいただけると思う。きっとその当時の大阪は臭かっただろうなぁと想像できる。

戦前は「大大阪」と呼ばれて日本一の商工業都市だったというので、近代文明の発展と共に産業廃棄物の捨て場も川へ川へと流れ込んで行ったようだ。

昭和中期というと、ちょうど日本中が公害問題で揺れていた時だ。あの頃の大阪の川のにおいといったら……書く気になれないようなものだった。ミナミの道頓堀川《どうとんぼりがわ》もちょっと覗くとヘドロが渦を巻いて、ボコボコと音をたてていた。

「落ちるなよ、ここの水はえげつないで。この間魚が浮いとったが、そんなもんやない。調査したらばい菌も死んどったちゅう話やで」

大人達はそんなブラックジョークを飛ばしあって、道頓堀川の汚さを皮肉ったものだった。うちの叔父も「道頓堀に身投げしても浮かんでこんやろうなぁ」なんて言ってたのを思い出す。水の汚さに慣れてるはずの市民でさえ、あの当時の汚染にはまいっていたようだ。

ここまで書くと「え、じゃああの阪神タイガースが優勝したり、この間のワールドカップで勝った時に飛び込んでたあれは？」と思う方もいるだろう。そうなのだ、最悪の時を経て大阪の川は少しずつ浄化されているのである。さすがの政治家も「これやったらあかん」と思ったのだろうか、少しずつだが川事情はかなりましになった。なんせ市内を周回していた二つの川を埋めて、川の位置を変えるという工事までしたというから、市をあげて水問題に取り組んできたわけだ。

道頓堀川なんて観光地の真ん中にあるので、ものすごく力を入れて浄化したようだ。なんせ市民がある日気が付くと、なんとまぁ魚が泳いでいたんである。大阪ではそれが夕方のメインのニュースになったこともあったくらいの大事件だった。

テレビをつけると「ここ数年の浄化運動の効果があって、道頓堀川では最近、再び魚が泳ぐ姿も見られるようになりました」とアナウンサーが喋り、その向こうに確かに魚が泳いでる映像が映っていたのだ。それを見て大阪中の人間が「おおっ、ほんまや。これでヤクザが誰か殺して川に放り込んでも浮いてくるのん分かるで」と言ったという（すいません、過大な表現でした）。

しかし、その甲斐《かい》あってこそ、今あそこに飛び込む勇気のある人間が存在してるんである。でなければ、いくら阪神優勝という奇蹟がおきたからといって、死ぬ覚悟でヘドロの川に飛び込む奴はさすがにいない。ま、最近は飛び込みすぎや！　と言いたいところでもあるが……。

先日、大阪市長の磯村さんとラジオ番組でご一緒させてもらった。当日は噺家《はなしか》の桂米朝師匠も出演してらして、二人して「大阪の水は汚かった」という話で盛り上がっていた。

しかし、磯村市長は自慢げに語った。

「大阪はこれから水の都再生プロジェクト組みますねん。国に申請が通ったからね、なんでも出来るで。まぁこれ見て下さい」

市長は興奮して目の前のペットボトルを指差した。それは普通の水が入れられてるだけのものだった。

「これが、なにか？」

私達は不思議に思って聞いた。すると市長はますますヒートアップして言い放った。

「これが、今の道頓堀川の水です！」

うまい！いったい
どこの名水ですか？
大阪にはないですよ

本当に向こうが見えるほど
きれいになった♡
大阪の水！

驚いたというか、まず「嘘！」と声が出てしまった。この何十年と大阪に住んでて、汚い道頓堀川しか見たことがなかったんである。ちょっと綺麗になって飛び込む奴がいても「マシになったいうても、底はヘドロ残ってるでぇ、ようやるわ」くらいにしか、見てなかった。それが目の前に置かれた水は、あきらかに澄んでいて透けているんである。

「磯村さん、なんぞ悪いことでもしたんですか？」と、米朝師匠が面白そうに聞くほどだった。師匠にしても若い頃から見てるが、綺麗だったことはいっぺんもないという保証つきなんである。

「これが今の大阪の川の水です。まぁ見てて下さい。これからもっと水関係が面白くなります。僕はね、数年後には道頓堀川で水泳大会をしようと思ってるんです」

市長は水の透明感に感動している私達にそう言った。そんなあほな、いくらなんでもそれはムチャだと思ったが、かなり気合を入れて喋っていた。

「いやー、そうなったらいいですねぇ」と私はその時半信半疑のまま返事をしたが、最近になって本当に「道頓堀川で水泳大会をやります」と、参加者を募集してるのを見てひっくり返った。政治家は話が大きいだけかと思ったが、中には言行一致させる人もいるようだ。

米朝師匠にお聞きしたことがあるのだが、昔の商家の旦那連中は大阪市内をめぐる川を使って面白い遊びをしていたようだ。

なんでも昔はその川に周回船が出ていたらしく、大阪人は今の路線バスや地下鉄のように足として使っていたらしい。ミナミから大阪市内を一周する船に乗れば、一時間ほどで戻ってきたという。

かつてのミナミの旦那連中はそれを利用して「洋行遊び」というのをやっていたという。まるで外国に行くようにその周回船に乗り、岸には御茶屋の面々が見送りにやってくる。旦那連中は馴染《なじ》みの芸者に涙ながらに別れを言い、船に乗り込む。

そして大阪市内を一周している間に着物から洋服に着替えて、洋行してきたという体《てい》で船を下りてくるという遊びだったらしい。凝ったもので、お土産や写真も携えて帰ってきて、御茶屋に戻って「これはフランス土産や」などと言い盛り上がったという。

あほちゃうか……？　とも思うところだが、明治、大正の頃に流行《はや》ったそうだから、当時憧れの洋行をもじった洒落た遊びである。めいっぱい体力とお金を使って楽しむという点では抜けた感覚だ。

そんな貴重な話を聞かせてもらっていると、磯村市長が「いや、また出来るようになる」と言い出した。

「え？　そんな洋行遊びなんか出来るようになるって保証されてもなぁ」と私は内心思ったが、そうではなくて大阪市内の川を周回する船を復活させる計画があるらしいのだ。これは素晴らしい話である。そうすることで慢性的になってる市内の交通渋滞も少しは解決していくだろうし、なにより水の都と言われるほど川の多い街なのに、道頓堀川に飛び込む以外に利用価値がないと思われることもなくなる。

実際には今もアクアライナーという観光船が細々と市内を回っているのだが、なんせ見るものがあまりない大阪では流行らないままだった。通勤に使ってる人のほうが多いくらいで、私もＯＬをしていた当時何度か乗ったことがある。気分転換になるし、春などは桜が見えて綺麗だったからという単純な理由だったが。

もし、あれがもっと本数が増えて市内の足のひとつになるなら、川さえ渡れれば、距離がかせげるので、地下鉄より速い、という人は大勢いるはずだ。働く大人にとっては素晴らしい計画である。ちょっと前の、オリンピックを大阪でなんて話よりずっといけている。

難波《なんば》の方には道頓堀川に面した大きなライブスペースというのも出来た。なんだかんだいいながら大阪水事情は本当に変わってきてるようである。

かつて、ばい菌も死ぬでと笑った川に飛び込むことも出来るようになった。もうすぐ泳げるという。大阪が本当の水の都になったら、楽しくなるだろう。この再生プロジェクトは是非成功してほしい。

私は周回船が復活したら米朝師匠を誘って洋行遊びをしたいと思っている。その日のために着物とドレスを作らねばっと思うと、今からウキウキする。

# その十六◎男たちの挽歌？

大阪の男、特に中年のおっさんのステイタスといえば、なんと言っても「北新地《きたしんち》」になじみの店があることだ。

どんなに小さな会社でも、社長と名が付く人はともかく北新地に行く。そこを外して接待することなんてありえない！　というほどに大阪のおっさんは北新地を聖地だと思っている。

北新地というのは大阪の西梅田付近にある繁華街のことである。大阪人は北は付けずに単に「新地」と呼ぶ。新地と名の付く場所は他にもあるのだが、誰かが「新地のバーに連れて行ってもらった」と言えば当然それは北新地のことである。それ以外は考えられない。

そこには一流のクラブ、スナック、ワインバー、割烹《かっぽう》などが所狭しと建ち並んでいる。飲食街なのでエッチなお店はない。そういう下《しも》ネタ系は梅田の方へ出てやって下さいと言わんばかりである（ちなみに梅田と西梅田は二キロほど離れてます）。

いったい何軒くらいの店があるのだろうか。五百メートルくらいの通りが三本くらいあるだけで、本当にある特定の一角という程度だ。以前聞いたところによると四千軒とか五千軒ということだったが、行けばそんなものかなぁとも思うが、あっという間に一周できるので何軒店があるのかなんて誰も気にしたことはないだろう。

大阪で育って社会人になれば、若い男の子は一度は行ってみたいと思うのが新地だ。自分のお金では行けないというのが通常の考えなので、ともかく大学を卒業して会社に入って、頑張って社長賞とか貰ったら連れて行ってもらえる所、なーんて捉《とら》え方が一般的だ。

もちろん、大阪の繁華街といえば、元々はミナミである。昔から「南地《なんち》」と呼ばれ店も多いのだが、何故か聖地という雰囲気はない。きっと広範囲なので大人だけが徘徊《はいかい》している感じが薄いからだろう。ミナミは場所より店にステイタスが置かれるが、キタはあくまでも新地という場所に限られている。

私が初めて新地に行ったのは高校生の時だった。バイト先が読売テレビの経営している店で、儲かっていたらしい。当時の支配人が連れて行ってくれた。

「ふっこ（私のアダ名です）今日ボーナス貰《もろ》うたから新地に連れて行ったろか？」

十八歳の小娘に支配人は言い放った。きっと私を連れて行って反応を楽しむとかそういうことだったのだろうが、なんせ驚いた。こっちにしてみれば新地に行く人は大人のみ。それも四十歳とか、五十歳の男でないと入れないみたいな感覚だったからだ。

「えっ？　新地……って北新地ですか？」

そう聞き返してきょとんとしてたら、支配人は嬉しそうな顔つきで「そうや、新地いうたら北に決まってるやないか」と満足そうに笑った。

よく考えてみたら北新地を作ったのはお前か？　というような威張り方だったが、肉体関係もない私に新地でおごろうかというのだから、かなり酔狂なイベントだったに違いない。彼も当時は暇だったのだろう。

で、新地デビューした。行けば確かに気持ちのいいほど丁寧な接待で、馴染みの客が連れてきたのだからと持《も》て成《な》してもらった。ははん、このへんが子供だからといってバカにしないでちゃんとしてるところなのね。これが水商売かぁと感心させられることばかりだった。一般の女性は「お水」などとバカにするが、一流のクラブに勤めてる女性の接待、話術、容姿はやはりただ者では出来ない芸だ。どの国でも何百年も栄えてきた世界なのだから、それは証明されている。

その頃から新地に連れて行かれることが、どういうことなのか分かってきた。ようするに大阪の男達にとっては腹の太さ、男としての度量の広さのようなものを見せるのが「新地に連れて行く」という行為なのだ。だから気に入ってる部下とか、特別な接待でないと新地は選ばない。

その後も、会社に勤めてる時に時々上司に連れて行ってもらった。どうやら私は接待上手らしい。たいてい出社すると急に呼び出され、「今日、新地へ行くから接待に付いて来

よし！今日は新地へ行くか…
ええっマジっすか？

てくれ」などと言われるのである。

「新地に付いて行ってきます」と言うと、女子社員の中でも選ばれた者という見解を持たれ、先輩の女子社員が「新地？　ほんなら仕事残ってたら言うてね。代わりにやっとくわ」などとサポートしてくれる。

「あんたは会社の接待に付いて行くねんから、ちゃんとやってきて」という暗黙の了解みたいなものがあるのだろうか、羨ましがられるというより、送り出されるという雰囲気が強かった。

もちろん、行っても楽しめるというわけではない。接待なのだから飲んでも乱れない、潰《つぶ》れない、何かあったらパシるという役目だ。店が忙しい時はそこの女の子の代理もしなくてはならないので、使命溢れる仕事という感じだった。

男の社員にしても「おい、明日は新地へ行くから空けとけよ」と会社で上司に言われたら「お前を頼りにしてるんだぞ」という合図だ。決してリストラでこれが最後になるから連れて行ってやるというような負《ふ》のイメージではない。

最初はそうやって連れて行ってもらっていた人が、やがて自分のお金で行くようになるのは三十代の後半くらいからだろうか。店に行って「あら、○○ちゃん今日はひとり？」と言ってもらえれば彼らも一人前である。

新地には一旦《いったん》信用したら、とことん受け入れるというような独特の掟《おきて》もある。一回行っただけなのに何年も案内や年賀状をくれる店もあり、人対人で商売をやってるのが伝わってくる。ま、そのへんは新地に限らず商売人の鉄則でもあるが。

私も去年会社を起こしたので、そろそろ馴染みの店でも作っておかねばならないのかもしれない。形だけは社長なのだから……。

新地には子供がいないというのも特徴だ。高校生や金のない若造が徘徊したところで入れる店もないので、まず近付かない。一般の人が住めるような家賃のマンションなんて近くにはないし、あっても学区がないから子供を育てる環境もない。場所的にも入り組んだ一角なので、自然と一般社会から隔離されたような形になっている。夜の平均年齢を計ったら大阪一高いだろう。

そんなところからも新地は聖地になり、芸能人やスポーツ選手、ヤクザも関係なく出入りする場所になったわけだ。だから新地へ行くと芸能人をよく見かける。お金があるというより、誰も声に出して「あ、○○や」なんて言わないので行きやすいのかもしれない。

新地の名物のひとつに車の行列がある。御堂筋《みどうすじ》という、一方通行で八車線もある大阪のメインストリートが新地のちょうど端っこに面しているのだが、ここに出待ちと呼ばれるタクシーが並ぶのである。

タクシーだけではない。どこかの会社のお抱え運転手が社長を迎えに来てたり、ヤクザの幹部を若い組員が待ってたりと毎日賑やかな車の行列になる。だから八車線あっても、通れるのは一車線かせいぜい二車線。知ってる大阪人は絶対に夕方以降は入り込まない。時々何も知らない地方の車が、道が広いので入って通れると思い、そこに割り込んで行くのだが、蜘蛛《くも》の巣に絡まった虫みたいな状況になる。入り込んだドライバーも道の両側に三重、四重に停まってる車を見て唖然《あぜん》とするだけだ。中には道に直角に停められてるベンツなどもあり、新地の事情を知らない人にとっては考えられない駐車天国である。

私の友人はそのど真ん中に入り込んで渋滞だと思い、ずっと待っていたら、目の前のタクシーの運転手が当たり前のように車を降りて、牛丼屋に入っていくのが見え、ショックを受けたそうだ。

「だって、道の真ん中の車線やで、駐車違反とかそういう範囲の感覚では割り切られへんで」と彼女は後に興奮して教えてくれた。

実は新地付近の御堂筋には一部中州状になってる場所があり、なんとそこに交番がある。時々何も知らない車が迷い込んで渋滞から抜けられない状態になったら誘導したり、ヤクザの車に「ちょっとのけたってや、通られへんみたいやねん」と言って頼んだりするためである。

え……駐車違反の取締り？　それは言わない約束というものだ。新地が繁栄してなかったら、大阪経済そのものが繁栄してないということなのだから、警察も車の行列くらいでは文句は言えないのだろう。なんせ自分達だって大阪人なのだから。

最近では「北新地ビール」という名前の地ビールもある。酒屋でも売ってるが、新地のど真ん中に作ってる店があり、そこで買えるようになっている。貰って飲んでみたが、やや濃厚な味のビールだった。上司が部下にお土産に買って帰ったりするらしい。「お前らには新地はまだ早いが、気分だけでもな」というような土産なのだろうか。地方の人が買ってる場合も多いようだ。「新地に行ってきた」という証拠品ということだろうか？　まぁ誰も奥さんに買って帰ることはないようだが……。

最後に特別な情報をお教えしよう。新地ではクラブやバーに勤めてる人達に朝食や間食を食べさせる店もある。相手は時間が反転してる人達なので、営業は夜中からだ。夜中の二時にいきなり卵とトーストなんてモーニングメニューがあったり、ケーキとコーヒーが当たり前に食べられたりする。魚河岸《うおがし》に朝からやってる寿司屋があるような感じだと思ってもらえばいい。

実際に、モーニングを食べてるＯＬと同じように、夜中に新地内の店に勤めてる女の子達がコーヒーを飲みつつトーストを食べてる姿が見られるが、さすがは大阪。真夜中でも値段は普通の喫茶店並みである。

もし、大阪のホテルなどに泊まって夜中にどうしてもトーストとかケーキが食べたいと思ったら、何も考えずに新地に行くことだ。まぁそんな人がいたらということだが。

ただ最近はこの不景気なので、新地も弱り気味ではあるらしい。そういえば御堂筋の駐車も二重停まりくらいで、道の向こうが見えるのが分かる。やっぱりそうなると寂しい。賑やかで陽気な、男達の聖地であり続けてほしいものだ。

# その十七◎年末年始事情

関西人は年末年始かなり忙しい。というのも家に集まる風習がまだまだ根強いからだ。以前「お正月」という芝居を書いたことがあるのだが、その時も役者やスタッフにお正月の過ごし方を聞いてみた。

一番筋金入りだった役者は「うちは一族全員集まって、お伊勢《いせ》さんまでお参りに行きます」と答えた。

「え、毎年お伊勢参りに行ってるの？」と周りは驚いたが、彼女の家では当然らしい。何代も前からの習慣で、いまさら変えられないとか……。お伊勢参りは昔、関西人にとって一生に一回は行きたいという憧れの旅行だったんである。

今でも上方《かみがた》落語の演目に一生に一回のお伊勢参りをする旅人の話が多く残っている。大阪から出発して行く「東の旅」や、途中でキツネに化かされる「七度狐《しちどぎつね》」などユーモラスな展開で笑わせられる。

その中にもしっかりと、昔の関西人の「一生に一回はお伊勢さんにお参りせな死んでも死にきれん」という匂いを感じる。

関西では今でも小学校の最初の修学旅行は伊勢志摩だ。あの三重県の志摩まで行って、わざわざ夫婦岩《めおといわ》から朝日が昇っていくのを見るのが永遠のパターンとされているのだ。私も子供の時に行った。それなりに感動し父親に夫婦岩の額入りの写真をお土産に買ってきたものである。

その時に感じたのは「ああ、ここは神さんが住んでる所なんやな」という感覚だ。どうやら三重県は他の県と違って、偉い神様を祀《まつ》った神社があるらしい。これはありがたそうだなぁと子供でも思うものなのだ。

だからお伊勢参りという言葉はあまり聞かなくなったが、死語ではない。「一家でお伊勢参りに行きます」と言われたら「ほぉぉぉぉ！」とみんなが感心するのは当然の経緯なんである。

さて、彼女の家は極端な例にしても、みんなが一様に忙しいのは共通している。ある役者は「大晦日から元旦までは本家に集まって過ごさなくてはならない」という決まりのある家で育った。

「毎年、全員集まります。例外的に海外に転勤になった従兄が二、三年に一回しか帰ってけぇへんけど」と彼は言う。

「二、三年にいっぺんでも帰ってくるんかいな？」と言い返したくなった。海外からわざわざ一族の集まりに戻ってくるなんてマフィアみたいな一家だ。

彼の家ではともかく大晦日に全員集まり、「紅白歌合戦」を見て、当然そのまま「ゆく年くる年」も見て、近所に初詣に行くという。かなりの人数らしいが子供も小学生くらいになると十二時に起こされて連れて行かれるというから本格的だ。そして、次の日は一家の長であるおばあちゃんから全員お年玉を貰って、お雑煮《ぞうに》を食べて散って行くのだそうだ。

韓国人の友達の家はもっと凄い。家中に親戚縁者が集まるのは当然で、夜から朝まで大騒ぎをして、飲めや歌えの宴会をする。私の友達の家が特別ではない、韓国系の家はみんなそうらしい。

しかも儒教思想に基づいて年功序列が厳しいので、若い女はみんな大忙しで働かされる。一度遊びに行くつもりで行ったら「はい、あんたもキムチ切って」と台所に引きずりこまれて正月明けまで厨房要員だった。

知り合いの噺家《はなしか》さんのお家にも元旦からご挨拶に行ったことがあるが、そこでもお弟子さんたちが集結。私達のような新参者も含めて、いたるところで「食べなさい」「飲みなさい」の宴会が繰り広げられていた。

その上、幾つになっても、誰にでも「お年玉」をくれるというありがたいお家だった。後にも先にも三十代でお年玉を貰ったのはあそこだけだったが。

さて、我が家はどうかというとやはり人が集まってくる。関西では若い頃には実家や親戚の家に集まり、一家の長になったら逆に集めて振る舞うのが特徴だ。昔感覚というか、年末年始はそれが激しくなる。だから東京で暮らしていた時に「正月は一人で過ごす」と言った友達が多かったのでびっくりしたものだった。大阪ではそんな淋しいことは考えられない。

我が家は私が劇団の座長であり、家を構えてるので集まりやすい状況でもあるのだろう、大晦日から二日か三日までは夕方から集まった人達とともにお鍋を食べるのが恒例だ。メニューは大晦日が「ちゃんこ」、元旦が「てっちり」、二日が「カニちり」である。三日はほとんど「すきやき」か「再びちゃんこ」だ。材料の冷凍出来る出来ないの加減で順番が決まっている。ここ数年はこのパターン。

お鍋メニューに加えて、焼きガニ、焼き海老、お雑煮、お煮しめ、黒豆、昆布《こんぶ》巻き、明太子あえなどがうちのサブメニューだ。買うものも多いが、黒豆とお煮しめくらいは作る。なんかあれを作らないとお正月が来たという感覚になれないからだ。

まぁ、どちらにせよ、正月は女の箸休めなんて大嘘だ。正月こそ家中の鍋を動員して、タッパーも買い揃えて、せっせと料理をしなくてはならない。お客の来る家は繁栄するとも信じられているので、女は忙しいのである。

それに燃えるのが関西女というもので、料理が嫌いなんて言ってるようでは一人前ではない。せっせと正月料理の買い出しに行く、作る、振る舞う。これが楽しくならないと及第点はもらえない。

それに人が集まってくるからといっても、実家や先輩筋に挨拶回りをしないで済ませるわけにもいかない。夜の間にさっさと料理を準備し、お昼はあちこちに行くのもお正月の忙しさに拍車をかける。

そのお年始のご挨拶の品や、反対に貰った時のお返しの品にも定番を見つけていくこと。これも女の仕事だ。

ある踊りのお師匠さんの家に年始のご挨拶に行くと、毎年必ず「ねり梅とこんぶ茶」を下さる。またある噺家さんのお家にお邪魔すると決まったお菓子をいただく。それはその家の決まりで、ちょっとしたお土産なのだが、女将《おかみ》さんのセンスを問われるなかなか重要なポイントなんである。

私はここ何年かはご挨拶のお菓子は鶴屋吉信の「福ハ内」、家に遊びに来てくれた人へのお返しは干支の絵がついたハンドタオルとタンスなどに入れておくお香入りの匂い袋に決めている。

決まったものを渡すことで「ああ、今年も来たな」と相手に思ってもらえるのも大事なことなのだ。実は最近、墨に凝ってるので来年はそっちに変えようかとも思ってるのだが、定番になってるので「あんたが来たら仕舞い込んでる着物の匂い袋を取り替えなあかんと思うから助かるわ」などと言われたりもする。悩むところだ。

大阪の年末の買い物はまず問屋街へ出かけるところから始まる。十二月中に何回か行ってチェックを怠らないことが一番だが、行けない場合も想定して、絶対に失敗しない店を知っておくようにしなくてはならない。

問屋以外にはマイデパートの選択。これもあやまってはならない！　年末のデパートの地下は下手な問屋より安い場合もあるのでチェックは怠れないのだ。

関西一のデパ地下（デパートの地下食料品売り場の略です）と言われているのが阪神デパートである。大阪中のグルメが一様に認めているデパ地下の王様で、他の追随を許さない。

「洋服なんかの買い物は阪急、食料品は阪神」と梅田方面の主婦は必ず言う。阪急のデパ地下がまったくダメだというわけではないのだが、やはり阪神のステイタスは外せない。どうも阪神デパートは他で負けないものを一点に絞って勝負した時期があるようで、デパ地下だけが異常にレベルが高いのである。

「この焼き豚、阪神のデパ地下で買《こ》うてん」と言うだけで、人はそれが美味しいものだと判断するくらい味には定着した信頼感がある。グルメの多い大阪人に信用されているのだから見事という他ないだろう。

しかし残念ながら私のマイデパートは阪神ではない。梅田方面にあまり行かないのもその理由だが、親の代から北浜の三越が我が家のマイデパートなので、どうしてもそっちに足が向いてしまうのだ。

さっきのお正月用のお土産、お返しは必ず三越に行って買うようにしている。北浜は証券取引所があったところなので今でもオフィス街。暮れの二十九日以降はものすごく静かな町に変貌《へんぼう》する。それだけに車でも行きやすく、大阪の中央に住んでる者には利用しやすいデパートなのだ。

魚や野菜は一駅先の鶴橋卸売市場というところで仕入れる。鍋用、焼き物用の魚類、エビ、カニ、肉類はもちろん、おせち料理用にパックになってる棒鱈《ぼうだら》や栗の甘露煮なども手に入るし、なんせ安い！　戦後の闇市《やみいち》の時代から逞しく生き続けてきた市場なので、庶民の味方であることがポリシーなのも嬉しいところだ。

あ、お雑煮は我が家では戦争が起きる。というのも、私の実家では、母が京都風で育っているので白味噌に丸餅《まるもち》というスタイルだった。父は四国なので合わせ味噌に具だくさんというお雑煮。毎年これを交互に食べていたので、当然私もその系譜だったのだ。

ところが、うちの旦那はお母さんが千葉の人なので、角餅を焼いておすましに入れるというスタイルで育ったらしい。

もともとお餅は丸いのが福を呼ぶ円満な形とされ、関東の角餅は作る過程を簡略化した形らしい。だから角を取るという意味で焼くそうなのだが……、そんな知識があっても我

白みそ！
おすまし！

が家の東西戦は収まるはずがなかった。

なんせ一緒に暮らしだして、最初のお正月に白味噌のお雑煮を作ったら「なにこれ？」で始まり「そんな甘い白味噌に入った餅なんか食えるか？」と続いた。

その上「第一、俺は餅嫌いやからお雑煮なんか食えへんで」と言う始末。お正月の最初に食べるもので家庭崩壊するとは思わなかったというのが正直なところだ。

「どうしても食べへんの？」

「どうしてもって言うねんやったら、角餅焼いて、おすましの方作って」

「もうええわ、私だけ白味噌で作って食べるわ」

「そうしてくれた方がええわ」

てな具合である。ちなみに旦那のお姉さんと妹も白味噌のお雑煮はNGらしく、義妹は旦那に白味噌のお雑煮を要求されて「なにそれ？　なんでそんなもん食べるの？」ときき返したという。文化は交流するというが、お雑煮に関してはそうもいかないようだ。

さて、そんなことを書いてる私もお正月、そして十日の戎《えべ》っさんの準備をしなくてはならない。大阪の主婦は年末年始、一月いっぱいは戦争だ。なんせ人の集まる家の奥さん連中はバスツアーで神戸の鮮魚市場や京都の錦市場まで買い出しに行くこともあるそうだ。

年々、後輩が増えてくるので私も気が抜けない状態である。

ここまでやってても人が作った正月料理を食べながら、男連中がテレビでグルメ番組を見て「あれ美味《うま》そうやな！」なんて言ってることもある。それでもお正月を乗り切るのは女の腕の見せ所、本物の家の守り神さんは自分やでという自負のために今年も主婦達は頑張るんである。

## その十八◎関西人の正しいアウトドア

春、関西人は盛り上がる。桜が咲き、GⅠレースが行なわれ、新年度が始まるというだけでも活気付くのだが、なによりも野球が始まるからだ。

暖かくなってくると「ああ、阪神の応援に甲子園まで行かなあかんなぁ」と思う。あの綺麗な芝生の色、球場に吹いてくる浜風の爽やかさ、応援している時に飲むビールの美味《うま》さ、七回の風船を飛ばす時の気持ちよさ。もう居てもたってもいられないという感じになってくるのだ。

この本が出るときまで続いてるかどうか分からないが、今年（二〇〇三年）の阪神タイガースは強い。今、これを書いてる時点ではトップである。関西の人間はそれだけで嬉しい。「おお、四月でシーズン終わったらこのまま優勝や」なんてバカな……いや、アホなことを言い出す人も多い。

去年も夏くらいまでは「今月は月間優勝や」などと言いまくった。一回勝つごとに一連勝と言うような人ばかりなので去年のように何連勝もするとそれだけでお祭り騒ぎになるんである。

もちろん、去年は夏以降にそういう雰囲気も下火になった。応援に行くたびにズルズルと負けが込みだして、絶対に優勝できないと分かった日には各放送局のアナウンサーが「これで阪神の優勝はなくなりました」とニュースでわざわざ言ったものだった。

それからAクラスに入れないというのが決定した日にもまた放送があった。「これで阪神はAクラスには入れなくなりました」と。

地方の人が見てたら「あほちゃうか？」と思われるような真面目さでそんなニュースが流れるのだから、やはり関西人の阪神熱はちょっと行きすぎてるのだろう。同じように近鉄やオリックスも関西を拠点としていてもそんな丁寧なニュースは流れたことはない。私なんて基本はパ・リーグファン、近鉄ファンなんで、ちょっと嫉妬することもあるくらいだ。

しかしそれでも阪神のニュースはちゃんと見てしまう。体に沁《し》みついてるというか、別れられない男と女の関係のようなものだ（この場合阪神は女性ですよ、こっちを裏切ってばかりいる奔放《ほんぽう》な熟女って感じの）。

その阪神タイガースに異変が起きた。広島から金本がやってきたのである。彼は今までに来た選手と全然違っている。どこがって、「仕事」をするんである。

一本ヒットが欲しいところで必ず打つ。そして塁に出ると惜しみなく走る。さらに広島時代は四番だったが阪神に入ったとたんに三番になったので、後の打線のためのバッティングに従事する。四番は若い濱中なのだが、彼に繋げるために長打を狙わないのだ。さらにさらに性格が明るい！

……誰とは言えないが暗い顔して打てないベテランの多い中で、これはすごいことである。なんせここ何年か阪神の選手はみんな暗いのだ。前監督の野村が怖かったのか、ともかくストイックであほというタイプの人が多い。

関西の球団やねんから一勝するたびにお祭り騒ぎしてくれっとファンは思ってるのだが、いかんせんみんな「ありがとうございました」と高校球児みたいに直立不動になってお辞儀する。仲間内では喜んであほなこと言うてるのも分かるのだが、ファンの前に立つとキリッとしてしまって面白みがないのが特徴だった。

去年から移籍してきて、いい成績を残してる外国人選手アリアスだって、ホームランを打つたびに笑顔もないまま神様に感謝してたりして、どっちかというとサムライっぽい。投げて、打って、走るピッチャー、ムーアが唯一明るい選手で周りをよくしてるのだが、悲しいかな日本語が出来ないので雰囲気しか伝わってないようだった。

確かに去年、星野監督が来たとたんに「やるべきことをやったら笑ってもいい」という雰囲気に変わってはきていた。前半の首位をキープしてる時期はとっても明るかったのだが、後半になるとキレる星野、逃げる選手達みたいな絵面《えづら》がよく見られてがっかりしたものだった。

さて、今年はどうなることやらと思ってるところへ金本登場である。彼の移籍は大きかった。なんせムードがいい！　周りの選手にも声をかけるし、本当に仕事をきっちりするので試合で負けても「ドンマイ、ドンマイ」という感じになってくるのだ。若い選手達も彼に影響されてか笑うようになった。打つとガッツポーズもするし、インタビューに答える顔も自然とスポーツ選手らしくなってきた。いや、これまでそうじゃなかったというわけではないが……ともかく素敵になってきたのである。

以前にも書いたかもしれないが、大阪人はインドアタイプの人が多い。明るい性格の人が多いので外で遊んでる感じがするかもしれないが、実際には外で遊ぶタイプの人は一部だ。

というのも基本的に関西人は都市型人間なのだ。大阪では、商売人は世話できないという理由から庭をきらう傾向にある。

うちの家にも庭はない。土地にびっしりと家が建っている。実家もそうだ。最上階にちょっと植え込みがあるくらいである。ようするに緑を家庭内で愛するという習慣が希薄なのだ。

テレビなんか見てると「庭でバーベキューしてさ」なんて言うタレントが時々いるが、それは飽くまでも近所にも庭があって煙の逃げ道があるからである。大阪市内には絶対にない。だからアウトドアグッズを売ってる店も市内にはかなり少ない。

もちろん、郊外に行けばちょっと大きな公園でタープを張って、バーベキューする家もあるが、人から「あの家頑張ってるなぁ」と思われることは間違いない。珍しい趣味だからだ。

住むところだって、もよりの駅からキタかミナミ、あるいは乗り換えの出来る大きな駅まで三十分以内というのが理想的、それ以上に遠い人は「田舎の子」と呼ばれる。

「うちから大阪駅まで遠いねん、下手したら四十五分くらいかかるわ」

「うそ、意外と田舎やなぁ、あんたのとこ」

「そうやねん、うちミナミには強いねんけどなぁ」

というような会話は珍しくない。本当に田舎から出てきた人には「なんの話？」というような会話だが、大阪人には大事なことなのだ。

そのうえ周囲に高い山がない。周りの京都、神戸、奈良は山の上まで舗装された道があるが、大阪ではドライブに行ってもたいした風景も望めないのであまり流行《はや》らない。

ということでスキーもあまりしない。暖かいのでピンとこないのだ。近くのスキー場といっても石川県とか、富山県だ。行く人がいないわけではないが、東京ほどスキー人口は多くない。もちろん、スケートもしかり。

というわけで山岳関係の遊びとは自然と遠くなる。商売人の子供として育ったらまさしく山は金がかかるという理由もあって行かせてもらえないのが普通だ。

奇跡的にアウトドア好きのお父さんが居たとしても連れて行かれるのは海のほうである。それもたいていは神戸か和歌山だ。大阪には泳げる浜なんかない。

しかし、夏休みは高速が混むからという理由でなかなか行けない。なんせ大阪から高速で一本しかルートがないので土日なんかに行く人の気がしれないということである。

そうなると子供は安全かつ、近いところで体を動かすことになる。野球、テニス、スイミングスクールで水泳をすることが基本的に野外に出るという行為とみなされる。

大人になればそれもしない。そうなってくるといったい外へ行くという行為はどのへんまでを言うのか？　という問題になってくる。

山へはほとんど行かない、海も年に一回行けばいい方だろうか。子供がいなかったら絶対行かない。プール？　もちろんそんな疲れるところには行かない。

そうなのだ、関西の大人は野外に出ないで一生を送っても変わり者ではないわけだ。私の友達は遊びに行くというと近所のスーパー銭湯に行っている。車で行けて、マッサージもプールもある、大きいとこだとエステもある。海なんかに行くよりも近いし、第一安い。やめられまへんというわけだ。

そして男達はどうしてるか？　もうお気づきだろう、そう甲子園球場に行くのである。あれは野外だ。甲子園には屋根がない、だから野外に行って遊んでる感覚一二〇％なのだ。

しかもあそこで飲むビールは最高、おまけに名物の焼き鳥の美味しいこと。おにぎりだけ持って行って、あとのおかずを買えば二重丸の行楽なんである。

だから関西人が春になって「ああ、甲子園行きたいなぁ」と言うのは「春だからハイキングに行きたい」とか「夏だから海に行きたい」という感覚と変わらないわけなのだ。

一番は甲子園に遊びに行く行為、その上に阪神タイガースがついてくるという感じだろうか。うちの旦那などは阪神の試合でなくてもいいらしい。高校野球を見にひとりで甲子園に行くこともある。スタンドでビールを飲みながら好きな野球を見て、ヤジを飛ばせば発散するということらしい。

だから厳密に言えば、みんな甲子園球場と阪神タイガースのファンなんである。阪神の選手が甲子園で勝つのを見るのが一番好きなのだ。東京ドームや福岡ドームで勝つより、甲子園で勝ってくれると最高なんである。

たとえば甲子園で対巨人三連戦をやってるとする。初日に行くのは若者か熱狂的なファンだ。普通程度のファンはまずテレビで初日を見る。そして「お、甲子園そろそろ気持ちよさそうやな」と確認できたら二日目か、三日目に行くのである。

人が多くて混んでるところが大嫌いな人間ばかりなのだが、どういうわけか甲子園は一杯の日に行かないと楽しくないと思ってるようだし、天気予報を気にしていく人もある。大人の行楽地として定着している証拠だろう。

発散
よっしゃ
快感
そや
発散
そのまま行かんかいっ
快感

三月の末に花見をして外でドンチャン騒ぎをした勢いで、そろそろ甲子園行くかという毎年のノリになる人も知っている。彼にとって花と選手は同等のものらしい。

そんなわけで今年は阪神が強くて、選手が明るいので何度も通うことになりそうだ。うちは劇団員や阪神好きの男の子達と数人で行き、外野でお弁当を広げて食べながらの応援というのがスタイルとして決まっている。

そう、私が昼くらいから大量のおにぎりを握り、ウインナーとキャベツを炒め、レンコンのキンピラを作って、食べやすいように爪楊枝《つまようじ》をたくさん持って行くのである。これが行楽でなくて何なんだという勢いではないか。山や海に行っても見るものもないし、第一盛り上がらない。甲子園以上にたのしい「外」はないというのが私達の意見だ。

しかし、ひとつ大人にとって大問題が起きている。なんと今年から甲子園球場は禁煙になったのである。どこの放送局でも「そんなことして暴動おきませんかね？」と懸念していた。

うーん……子供のためなんだろうか？　そんなもん私ら子供の頃から行ってるけど誰も体壊したことないでと言いたい。「内野の、観光客が居《お》りそうなとこだけにせぇよ」とたいていの人が反発している。たしかにほとんどのエリアが野外なんだから禁煙にして意味があるのか疑問は残る。今年一年この状態で誰が守るのか、いったい続くのか？　気になる問題ではある。

# その十九◎大阪市中央区玉造というところ

せっかく大阪のことを書いているので、自分の住んでるところの話も書く。私は大阪市中央区にある「玉造《たまつくり》」という町に住んでいる。

三歳の時に母親がもともと持ってた土地に家を新築して西区から引越してきた。一九六二年のことだった。

実家は今でも建っていて、母が住んでいる。私はそこで二十一歳まで暮らし、芝居の勉強をしたくて上京した。つまり一旦ピリオドを打ったことがあるわけだ。幼児時代から成人するまでの十八年間を過ごしたのが第一期玉造時代というわけである。

で、一九九〇年代に入り、三十も越えてから玉造周辺に戻ってきた。実家のある町に戻っておいた方が歳をとった母にとっては安心だろうなぁという気持ちからだったが、根が引越し好きなんで玉造界隈《かいわい》で四軒のマンションに移り住んだ。これが一九九七年まで続き、第二期。

そして九七年の暮れに実家の側に土地を買い、家を建てて暮らしている今が第三期というところである。

要するに人生の四十四年中、三十年以上は住んでいる町、それが玉造なんである。長いこと知ってる……ほんまにどんな町やったか一言では言われへん。と、つい関西弁で書きそうになるほど、玉造と私は長い付き合いだ。

玉造は歴史的にもかなり古い町らしい。近くに難波宮《なにわのみや》跡というのがあって、中大兄皇子《なかのおおえのおうじ》が開いた都だそうで、その神事の勾玉《まがたま》を作って奉納していたから玉造という名がついたそうだ。そういえば小学校の校章が、勾玉を二つ重ねた形だった。

「なんかダサいなぁ、うちの校章」

と、子供の頃はみんなで言ってたものだ。校章なんだから格好いい方がいいなぁという純粋な子供の意見だったが、後で思えばものすごく由緒のある形だったようだ。

その小学校のすぐ横、うちの家の斜め前に玉造稲荷《いなり》という神社がある。こちらも由緒正しい神社だ。古くは中大兄皇子ゆかりの神社で、その後時代を経て豊臣家の守護神だったという。境内には豊臣家ゆかりの高殿《たかどの》、いわゆる舞台があったらしく、歌舞音曲、能狂言などが演じられてきたといわれている。

晴れた日は遥かに生駒《いこま》連山を見渡し、春は花見、秋は月見と季節ごとのイベントもあったようである。出席者は淀君や豊臣秀頼だったというから、ビップの集まる神社だったようだ。

江戸末期、安政四年に徳川幕府から公許を得て演芸を実施できる九社のひとつになったということで、記録によれば浄瑠璃《じょうるり》などの興行が行なわれていたとある。現在も万歳《まんざい》発祥の地として公認されてるので、以前から演芸が演じられてきたことは確かのようだ。芸能や笑いの神様としてもご利益があるらしく、太平洋戦争以前は多くの芸人さんも住んでいた。中でももっとも有名なのは、上方《かみがた》漫才の台本を多く書いた秋田實《みのる》さんだろう。生まれも育ちも玉造の人だったらしく、彼の碑「秋田實笑魂碑」も境内に立てられている。ま、そういう歴史から見れば、偶然でもなんでも笑う芝居を作ってる私にしてみれば、ここで育って住んでることは、かなりポイントが高いようだ。芝居の度に玉造稲荷でお祓《はら》いをしてもらい、芝居のために作った制作会社の名前が「玉造小劇店」。なかなか玉造にはまった人生ではないか！　と自画自賛している。

ところで、そんな歴史的なことを書くと大阪のものすごくメジャーな町という感じだが、そんなことはない。太閤さんの時から江戸末期くらいまでは、大阪城があることで武家屋敷が並んでいたところだったが、その後一旦は寂れてしまい、夜中には蝙蝠《こうもり》が飛びまくるような廃町になってしまった時期もあるそうだ。

そうそう、武家屋敷といえば、我が家の周囲にはかつて細川家のお屋敷があったらしく、今でも細川ガラシャ夫人をマリアに見立てた教会がある。昔は高い塔があり、その鐘を毎日シスターがついてたので時間がよく分かった。ちょうど家の西側だったので、夕やけに塔が染まっていくのが美しく、子供の頃は飽きずに眺めていたものだった。

そんな武家屋敷跡ばかりで人気のなかった玉造が活気付いて庶民の町になったのは、ひとつ先の駅、森の宮に大阪最大の兵器工場が建てられてからである。二十世紀の前半に戦争をしまくっていた日本のおかげというのも皮肉だが、兵器工場で働く人々が集まり、商店街や飲み屋、映画館、寄席《よせ》、カフェなどが建てられて大人も子供もわいわいと騒ぐ町になったらしい。

まるで見ていたようなことばっかり書いているが、一応これがざっとした玉造の歴史だ。大阪の中でも小さな小さな町なので、ここでちゃんと紹介しないと誰も書かないだろうし、せっかくなのでご紹介させてもらった。

さて、では私の知ってる玉造はどんな町かというと、戦前の隆盛はなく大人しい下町である。中大兄皇子に太閤さん、太平洋戦争のおかげで栄えたのも戦前までの話で、戦後はそんな歴史的な側面はまったくない小さな町として存在してきた。

私の子供時代はいわゆるチンチン電車が走っていて、大きな道がほとんど石畳だった。だから遊んでて転ぶと大きな擦り傷が出来て、よく膝や肘《ひじ》を血まみれにして家に帰ったものだ。その度に小石が傷にめりこんで、母が「もう、大きい道で走らんと、神社とか土道で遊びなさい」と怒った。

赤チンを塗られて、テラテラと光った怪我を見つつ、なんで石畳の道なんか作ったのだろうと恨んだものだ。

例の芸能発祥の地である玉造稲荷神社も全然そんな面影はなく、私達子供の格好の遊び場だった。

うちの実家は神社の西側で、その方から入っていくと大きな石の鳥居があった。大きな銀杏《いちょう》の木がドンとそびえている以外にはなにもなく、鳥居の一部が壊れたのか、石が山積みになったとこがあり、そこを基地にして戦争ごっことか、テントごっこをよくやったものだ。長年積まれたままになってるので、小さい蛇なんかも棲《す》んでいて、それを捕まえて池に放り込みに行ったり、口から空気を入れて爆発させたりして遊んだ。……まぁなんというのか、元気な子供だった。

商店街はその当時まだ映画館があり、東映と松竹の人気映画が上演されていた。友達のひとりがその映画館の子供で、私達はよく入れてもらって遊んだ。昔の映画館だったので二階に畳敷きの席があって、そこで寝転がって一階の大人の頭の上なんかに唾《つば》を落として当たると、大笑いしたものだった。……えっと……元気な子供だったので……。

映画館も昼間に行くとおじいちゃんが数人見てるくらいで、全然お客なんかいなかった。時々誰もいないので映写機を回してるおっちゃんが「暇やなぁ、一回止めるわ」と映画そのものを止めてしまって、掃除なんかしていた。時々それを手伝うと、十円玉を拾ったりしてご機嫌な掃除だったのも覚えている。

小学校の一年生の時に「商店街を端から端まで調べて来なさい」という社会の宿題が出た。私は市川八千子という友達と二人で学校帰りに出かけた。二人とも親に百円も貰っての冒険だった。

「ふっこ、お金貰ってきたからなんか買おうか？」クラス一のキュートな女の子だった八千子は調べる前から買い物に夢中だった（今も似たような性格なので恐ろしい……）。しかし、お店の名前を全部書かなくてはいけなかったので、買い物どころではない。なんせ玉造の商店街は五百メートルほどあるのだ。当時六歳の子供にとっては大冒険である。

しかも、商店街は屋根が切れてからも続き、隣の町、鶴橋まで続いているのである。我々はその時子供心に「屋根のないとこは商店街ちゃうってことにしとこか？」と悪知恵を絞って宿題に区切りを付けた。

当時の商店街には映画館があったのはもちろんのこと、八百屋、魚屋、肉屋、かしわ屋（鶏のことを関西ではかしわと言います）、乾物屋、卵屋、靴屋に洋服屋といった生活身辺の店の他に、動物の剝製《はくせい》が飾られている怪しい漢方薬局や、おっさんしか入らないビリヤード屋などがあった（このビリヤード屋は今でも当時のままあります）。

どこだったか位置は覚えてないが床屋の看板で、着物姿の長い髪の女性が半分黒髪、半分白髪に描かれていたのを覚えている。木枠が水色のペンキで塗られていて、ものすごく不気味だった。

なぜ私がその日のことを鮮明に覚えているかというと、生まれて初めて喫茶店に入った日だったからだ。大人と一緒に入ったことはあるが、子供二人だけで入るなんて考えられないことだった（今でも六歳児二人だけで喫茶店に入っていたら奇妙ですかね）。

ちょうど店の名前も全部書き終え、商店街の入り口に戻ってきた時だ、小さな喫茶店の中からおばさんが笑いながら手を振っていた。私と八千子は店の名前を書きつつ、宿題が終わったことでホッとしていたのだろう、そのおばさんに手を振りかえした。

「あんたら、宿題？ 偉いね」

おばさんは言い、そのまま店に入らないか？ と言い出した。衝撃的な誘惑だった。しかも二人とも普段のお小遣いの五倍くらいのお金である百円を所持していた。

「百円ずつでなんか飲める？」

私は勇気を出して聞いてみた。するとおばさんは笑って「そうやなぁ……コーヒーはきついやろうし、こうしたら？」と言って提案をしてきた。

それは百四十円のクリームソーダを二人で分けたらどうかという魅力的なものだった。八千子も私も飛びついた。そして我々は生まれて初めて喫茶店の中に入り、お水やお絞りを出してもらい、一人前の顔をして座ってクリームソーダを飲んだのである。

目の前の不思議な飲み物と、大人達の「いやー、可愛いわ、子供が二人で飲んでやる」という声にウロウロしながら、私は商店街調べという大冒険の最後に喫茶店に入るという

私は男の子のようであった
行くでぇ〜〜
よっしゃ〜
ふ
ハ4子はキュートな女の子
うん

ビッグイベントも成し遂げて大いに満足だったのである。

何が言いたいかというと、それが昭和四十年代前半の玉造という下町の風景だったということである。その後、玉造に限らず大阪中が万国博覧会のために町中を大改造していくことになった。

私達の手足に大きな擦り傷を作った石畳は全てアスファルトの道になり、チンチン電車はなくなり、代わりにバスや地下鉄が出来た。町という町が綺麗に整備されていき、初めて入った喫茶店も区画整理があったのかなくなった。昭和の下町だった玉造という町が近代化する大阪市という都市の一部になり、商店街も変わっていったのだ。

最近ではムチャクチャお洒落な美容院とか、家具屋、ケーキ屋なんてのも出来ている。イタリアンの店だって四、五軒もあるくらいだ。昔のダサい下町を知ってる私にしてみたらコソばいというか、なんやこれ？という雰囲気ではある。

芸能発祥の地にちなんでるのかどうか知らないが、吉本の大物タレントさんも数人住んでいるようだ。うちの近所にはオール阪神巨人の阪神さんが居る。小さいからすぐ分かるというのも珍しいが、町で見かけるとちょっと嬉しい。

ま、どう近代化してもお洒落になっても、住んでる人間は変わらないので、それを考えれば玉造はやはり下町ではある。しかしこんなふうに自分の町の話を書ける機会があって嬉しい（自分で作ったんですが……）。何もないが、大阪らしい町なので、もしも通りかかるような機会があったら思い出して下さい。

あ、ただし喫茶店はないですよ。駅前にマクドナルドがあるくらいで、生活のための町なので喫茶店でくつろぐという概念が誰にもないらしく、待ち合わせには全然適した場所ではありません。念のため。

# その二十◎小さな神様たち

「大阪で生れたぁ女やさかい～大阪の街よう捨てん～」という歌がある。二番では捨てるのだが、そんなことはいいとして、あれは大阪人にとってかなり本音に近い歌だ。東京者の男にはいくら惚《ほ》れてても、ついていけない、その歌詞がカラオケを歌ってる大阪男達の気持ちをほっとさせるし、歌ってる女達を納得させる。

「そうや、それでええんや。東京なんかに行ってどうするねん。第一言葉が通じへんからしんどいがな」と今でもみんながそんなことを思いながら歌うんである。

先日、小学校の六年生の時の同窓会があった。今年で四十三歳だから、なんと三十二年ぶりに集まる会だった。

事の発端はひとりの同級生が我々が卒業した玉造《たまつくり》小学校のＰＴＡの会長になったことだった。そのＰＴＡのメンバーに同級生がいた。「このことを同級生にも知らせよう。っていうか集めて飲もう」

最初はそんな軽いノリだった。そこで三人はまず手近なところから友達に連絡をとることにした。うちの家に川口悦生がやってきたのは初夏のことだ。事務所にいきなりやってきた彼は見知らぬおっさんであった。「俺や、川口悦生。覚えてないか？」川口がそう名乗っても、こっちは凍結したままだ。

しかし恐ろしいものである。小学校六年のうち四年間一緒だった同級生の名前や顔をそう忘れるものではない。「おおっ、川口か！」と記憶の回路が繋がると同時に叫んだ。

私は数年前から実家の側に家を建てて住んでいる。通った小学校も歩いて二分ほどの距離だ。通学路だったこともあり、友達がうちの家によく遊びにやってきた。彼の記憶もそこにあり、ともかく実家に行ってみれば消息が分かるだろうと思ったらしい。地元とは凄いものだ。

で、集められたメンバーが私以外に四人。言い出しっぺ三人を足すと、最初に集まったのは七人だった。初めて飲み屋に行った時の気分は面白いものだった。特に私は中学から私立に行ったので本当に三十二年ぶりの人もいて、果たして顔が分かるだろうかとドキドキしていた。思えばこの七人が役割分担をしつつ秋にはホテルで同窓会を仕切ったのだから「玉造の七人」とでも呼びたいところである。

メンバーはPTA会長になった真鍋明敬、うちにやって来た川口悦生、紅一点の南保智子、その三人に私、髪の多いお茶目な少年だった寺岡由博、ガリガリに痩せていたのでガリさんというあだ名だったが今は太ってる藤本克人、そしてクラスのガキ大将、岡田晋策。

みんなそれなりにオッサン、オバハンになっていたが当時の面影があり、最初は「おおっ、久しぶりぃ！」と言ってひたすら飲んだ。気がつくと朝になり、気分よく解散なんてことが続いたが、さすがにこのままじゃあかんやろうということになり、連絡網を作ることになった。……というか最初からそれを考えろとは誰も言わない前途多難の七人組だった。

そんなわけで私達は何回か集まってる間にやっと当時の卒業アルバムを引っ張り出してきて「俺はこいつの住所は分かる」とか「こいつのオカンが知り合いや」と連絡の分担を決めたのである。果たして三十二年も連絡を取り合ったことがない私達がどれだけの人数を集められるのか、疑問ではあったが……。

だが、四十代の同級生達はどうやら日頃のストレス解消を同級生集めに振りかえたようだった。かつての同級生達の消息がひとり、またひとりと判明していった。

「よし、〇〇ちゃんのことが分かったから集まって飲もう！」毎月そんなノリで同窓会までに何回集まっとるねん？　という定例飲み会が開かれて、なんだか知らないがよく飲んだ。その度に感動的な出会いがあったので、みんなも飽きずに寄ってきた。

なかでも感動的だったのは鮫島憲二が見つかったことだった。彼は六年生の時に遊んでいる最中に友達が投げた火のついた発泡スチロールが顔面に当たり、大やけどをおった少年だった。ハンサムで気さくな少年だった鮫ちゃんの顔に恐ろしい傷が残ってしまい、学

☆ クラスにひとりだけ
亡くなった男子がいた。
子供の頃は絵を
描かせたら天才だった。
大阪で言うところの
「神さんに呼ばれた
んやろなー」というコト
だろう。天国で売れっ子の
画家になってるハズだ。

校では大問題に発展した。

そんな事件があったので彼の記憶はみんな鮮烈だったのだが、本人は卒業と同時に引越して行き、消息が分からなくなってしまっていたのだ。

ところが、例の玉造の七人のひとり、寺岡が卒業アルバムに鮫ちゃんの引越し先を書き込んでいたのである。これはかなりポイントが高かった。さっそくその住所へ電話するとなんと鮫ちゃんのご両親が住んでいたのだ！　我々はもう大喜びである。

「よし、鮫ちゃんが見つかったぞぃ！」てなことで同窓会までに鮫ちゃんとは三度くらい飲んだ。最初は感動的な再会をした我々だったが、そのうち鮫ちゃんが酔っ払いのオッサンであることに気がつき、同窓会当日は「おい、鮫ちゃんに気をつけろよ」と言われる存在に変わっていた。

ちなみに彼の奥さんが芝居をやっていた人で、私は個人的にも一緒に食事をしに行った。しかも長年うちの芝居に差し入れをしてくれるパスタ屋のマスターが共通の知り合いだとも分かって、その店で盛り上がった。まったく縁は異なもの味なものである。

さて、同級生探索の数ヶ月が過ぎ、いよいよ本格的な当日のプログラムを組まなくてはいけない時期にさしかかった。七人組で役割分担を決めて、ハガキを出し、ついに場所も押さえた。おおっ、やっと形らしくなってきたなぁと確認したのはひと月前だった。それまでの数回の飲み会はなんだったのだろう……。

ところで、私にはこの同窓会で興味のあることが二つあった。ひとつは先生がどんなジジィになってるのかという素朴な疑問。私達の担任は森崎譲という若い男の先生で、今でいう熱血教師だった。

毎日、誰かが殴られ、立たされ、正座させられていた。そして毎日彼が教壇で言うダジャレにみんな大笑いしていた。昭和四十五年頃の話である。

日本人はまだまだ世界の味噌《みそ》っかすで、学生運動が盛んだった。学校の近所である大阪城にも全学連がたむろしていた。それどころではない、その大阪城の東側にドヤ街があり多くの日雇い労働者が住んでる地域があった。

近付くと危ないと親から行くことを禁止されていた。もちろん子供だった私達は彼らが有名な鉄くず拾いをしたアパッチ族の末裔《まつえい》だとは夢にも知らなかった。

あの頃、一九七〇年の大阪。いたるところにまだ差別のかけらが突き刺さっていた。子供の心にも、道端にも、学校の中にも。そんな中で教師をしていた森崎先生がいまどうしているのだろうか？　それは私の最大の関心事でもあった。

きっと矍鑠《かくしやく》としたジジィで、会うと一喝されるんではないか？　そうなったらシャレではなくホテルのパーティ会場で全員土下座か？　なんて思っていた。

しかし、会ってみるもんである。森崎先生はまことに穏やかな老人に変身していたのである。なんでも教師は引退し、今は好きな蝶々を追いかけて日本中を旅して巡っているという話だった。

　バイキング形式のパーティだったので「何かお取りしましょうか？」と聞くと「いや、私は好き嫌いがはげしいので自分で取ります」とおっしゃる。

「先生、私らに好き嫌いはあかんって、あんなに言うたやないですか！」と誰かが突っ込むと「あんなもん、言うたもん勝《が》ちやがな」とこうだ。うーん、年寄り恐るべしである……。

「先生、結婚してはるんですか？」ひとりの生徒が長い間の疑問なども聞いてみたが「してます。普通結婚というものはしてすぐに後悔するでしょ？　私の場合はね、する前からしてたんです」なんてお茶目なジョークも飛ばす人だった。自称、金に目がくらんで結婚した男らしい……日本は確かに平和になったようだ。

　それでもわれらのガキ大将、岡田晋策が最後の挨拶で「お世辞でなく、ぼくの人生で一番子供の視線で喋ってくれた先生やった。小学生の俺らと面と向き合ってくれた、こんな熱い人他には知らん」と言うと、何人もの女子が目頭を熱くしていた。先生は我々のアイドルであることに違いはないようだ。

　もうひとつの興味、それはある女の同級生に会うことだった。彼女は昔、男子生徒に「ベトコン」というあだ名をつけられていた人だった。この事実は何回かの飲み会の中で男どもが思い出した話だった。

私も彼女がそう呼ばれていたことをはっきりと覚えていた。そして忘れきっていた……なんという時代だったのだろう。いかに日本がアメリカの影響だけを丸呑みにしていたかが分かるというものではないか。当時、私達はあきらかにベトコンという言葉を女の子に対して「色が黒い」「鼻が低い」「イモっぽい」という形容詞に使っていたのである。

　卒業写真を見ると確かに少し色黒の、髪をふたつに括《くく》った女の子が写っていた。なるほど当時のテレビのニュースの画面から流れてくるベトコンの少女兵のイメージがある。

「俺ら、ひどい子供やったなぁ」

「これは謝らんとあかんで」

　いまさらのように男連中は口にしていた。彼らにせよ、今ではベトコンが歴史上最も誇り高く、勇気のある兵士達だったことなんて痛いほど知っているオッサンばかりである。

　しかし本人はどんな気持ちでそのあだ名を受け止めていたのだろう？　十二歳の少女だった彼女が？　そう思うと、不安は私の心にも影を落としていた。

　当日、司会をしていたのは私だったので最後に彼女を紹介することになった時、一瞬ためらった。しかし、ここは明るく行こうぜと開き直って「彼女に謝りたい人がいるそうです」と振ると、男連中は恥ずかしそうに責任を回しあった。

　しかし、そう呼ばれてた本人が「へぇ、そんなあだ名やったん？　私忘れてるわぁ」と笑い飛ばしてくれたことで彼らは助かったようだ。ちなみに彼女は今ではセクシーダイナマイツ姉さんに変身している。

優しさもピカいちで、カラオケを歌う男どもに三次会まで付き合ってくれた。帰り際に送って行くと「今日はありがとう。久しぶりやから最後までおりたかったわ」と言ってくれた。すでに朝の四時だったが、優しい、大阪の女に乾杯というところだ。

そんなこんなで、私の小学校の同窓会は終わった。最後はお決まりのカラオケ屋で朝を迎えた。六時だった……歌いきったメンバーは小原康夫、三谷高生、寺岡由博と私だった。

小学生の時は背が小さくて「小っさい組」と呼ばれた奴ばかりだった。「よしっ、大きい組に勝ったぞ」というアホなオッサンとオバハンの勝利で幕は閉じた。

冒頭に書いたが、大阪人には何となく大阪を離れがたい郷愁がある。だが口に出すと突っ込まれるので、そんな恥ずかしいことは誰も言わない。

しかし、妙に大阪で生きていることを確認して安心したくなる日がある。そんな日は大阪弁を喋る小さな神様が必要になる。

私にとってあの日はそんな夜だった。幼なじみと心行くまで遊んで、みんなの上に小さな神様を見たような気がする。そのことで目一杯エネルギーをチャージさせてもらった。

「よっしゃ、これでしばらく東京で芝居してても大丈夫や!」みたいな安心感をもらった。

ところで、同窓会が終わって、みんな私に「次やる時は……」というリクエストをしてくるのだが……確かに感謝はしてるが、まさか次も幹事をやれという暗黙の了解だろうか？

「えっと、そんなにぎょうさん神様いらんねんけど……」と、ちょっと焦ってる。

## その二十一◎ある神様の裏事情

大阪には焼肉屋が多く、大阪人はそれが自慢のひとつだ。「焼肉？　そら大阪が一番美味《う》味《ま》いがな、東京なんかあれ鉄板焼きやで。大阪の韓国料理食べな焼肉は語られへん」と豪語する。

最近日本人が一番よく食べる漬物はというアンケートで「キムチ」が一位になったが、大阪人はその時も「いまさら何いうてるねん、当たり前やん」と言い切ったものだった。「そんなもん、子供の頃から食べてるわ」と。

スーパーではキムチが当たり前のように売られ、キムチ鍋はいまや冬にはかかせないメニューだ。美味《おい》しい焼肉屋を知ってるのが大人として当然の知識というのも定着している。

そういう背景には大阪にコリアンタウンがあるからだ。昔から韓国人が多く住んでいたので点在してるのだが、今でも日本中に住んでいる韓国人の多くが大阪に集中しているため、かなり密度は濃い。

観光ガイドを見ても「大阪には韓国人街があって、ここでのお買い物は異国情緒たっぷ

大阪のOLは白いシャツを着てても
『食』を捨てることはない！
今日焼肉行く？
行くでぇ～

り。買い物の後は焼肉屋でパワーをつけて下さい」なんて書かれてる。実際に「大阪って、焼肉の町があるんですよね？」と東京の男の子に聞かれたこともある。うーん、確かにあるが……どう言うたらええんや？　とこっちも困ってしまった。

しかし、ここにはっきり書いておかなくてはならないのが、大阪人が焼肉を名物と認め出したのは八〇年代に入ってからだったということだ。キムチもそうだし、ひいては韓国人街を認めたのも、何もかも八〇年代になってからなのだ。

だから大阪人の中には子供の頃には焼肉を食べたことなんかなかったという人もたくさん居る。というか、どうしていきなり大阪名物になってるの？　という疑問をもってる人も多い。今まで隠されてきた歴史をまったく知らされずに育ったということなのだ。

私は大阪で一番大きなコリアンタウンである鶴橋が隣の駅という環境で育った。駅周辺に何キロにも及ぶ韓国人の経営する商店街が広がる。生活用品、衣料、民族衣装からなんでも揃う。その中に焼肉屋が数十軒並ぶ一角があり、ここが大阪名物と呼ばれるようになったわけである。

そんな町の側で育ったから子供の頃から韓国人の友達も多く、どちらかというと大きくなるにしたがって「なんでみんな知らんの？」と逆に不思議だったくらいだ。

死んだ親父がホルモン好きで、鶴橋の焼肉屋にもよく連れていかれた。「せんまい」という牛の胃の部分をよく食べていたが、形がグロテスクなので焼いてカリカリにしては

「ほら、火星人の死体やで」と私を怖がらせたものだった。

アホな人やった……。しかし彼が平気でコリアンタウンに出向く人だったので、自分が火星人の死体を食べてるその場所が、差別のために見えない隔離状態にあるなんてちっとも知らなかった。

母も「あそこの商店街安いわぁ」と言ってよく行っていた。彼女は戦争中に少し韓国の人と住んでたらしく、カタコトの韓国語を話しながら買い物をしていた。韓国人に教えてもらったという歌もよく歌っていたが、オンチなので呪文《じゅもん》のように聞こえたものだ。

しかし、そうやって自分達が出入りしてても私には「鶴橋は親といっしょの時はええけど、一人で遊びに行ったらあかん。友達が居《お》るんやったら、その子に遊びに来てもらいなさい」と命令した。親はそれ以上に理由を言わなかった。子供心に暗黙の了解事項を突きつけられたみたいな嫌な気分になったものだった。

確かに、通ってた小学校にも韓国人の子は多かった。本来の校区から越境入学してきてたのだ。彼らは自分が韓国人であるということを隠していたし、誰も韓国名を名乗っている子はいなかった。友達に「自分は本当は韓国人だ」と告白されることもあったが、親には言わないという子供どうしの鉄の掟《おきて》もあった。

当時一番仲の良かった友達も韓国人だった。彼女はあまり隠さない方で「何人とか、そんなんどうでもええやん」と言う明るい女の子だった。

しかし五年生になった時、来年一年生になる弟が定員オーバーで越境入学できないことが分かった。彼女は学校の先生に「私が朝鮮学校に行くので弟を入学させてやって下さい」と頼みに行った。自分は女だからいいけど、弟は男の子だから日本人の学校に入れないといい学校に行けなくなる。お母さんが可哀相だと泣いた。まだ十歳だった。今思い出しても彼女は立派で、大人はバカだった。学校の先生も、親達も、定員の話を繰り返して同情するだけで、誰も何もしてくれなかった。ただ私の友達がやっかいな子供扱いされて、その訴えは終わったのだ。

日頃は明るくて人気者の彼女の中に、私とは違う事情がいっぱい隠されているんだと思い知らされた。そうやって大人の事情に巻き込まれるごとに、鶴橋は遠くなっていくような気がした。

年頃になるとその距離感は最悪のものになっていった。友達の何人かが韓国人だからという理由で結婚出来なかったからだ。長年付き合って彼氏に告白すると「ごめん、ほんなら無理や」と言われ、破談になるケースは珍しいことではなかった。彼女達は泣くだけ泣いて頭を切り替え、けっきょく親の決めた相手の元に嫁いでいった。

そんな子供の頃からの見えない壁に対する抵抗や屈辱で、私達の世代はそれが崩れることを諦めていたかもしれない。大人達が死ぬまではしょうがないと思っていたような気もする。

ところが八〇年代後半くらいから大阪は少しずつ変化してきた。「韓国人とか、日本人とかどうでもええやん。大阪人っていう括《くく》りでええんちゃう？」という次世代の若者が増えてきて、壁を低くしていったからだ。

私の友人の韓国人の姉弟の話がそれを象徴している。姉の方は私と同じ歳で、八三年に日本人と結婚したいと言い出して、親の逆鱗《げきりん》に触れ、お見合い結婚させられた。

ところが、弟の方は九〇年に日本人の女の子と結婚した。彼は長男なので両親に子供の頃から韓国人と結婚させると言い聞かされて育っていた。ところが、中学の頃から付き合っていた彼女は日本人、諦めようとしたがやはり愛していた。そこで親からの勘当覚悟で「日本人の女の子と結婚したい」と告白すると、あっさりと「ああ、あの付き合ってる子やろ。しゃーないな」と認められたのだ。

「ちょっと待ってよ！　私の時とちゃうやんか！」と姉は突っ込んだが、その七年の間に大阪は変わったのだ。もう韓国人とか日本人とか言わなくてもいいんじゃないというムードが広がって、頑なだった結婚問題もとうとう崩れ出したのである。

もちろん、今はまったく皆無か？　と聞かれたら、まだ韓国人だから、日本人だからという理由で結婚を認めない愚かな大人は残っているが、一般的にはかなり開放的になった。

この変化の発端は「焼肉」だったと私は思う。若い子向けの情報誌に焼肉屋の特集が組まれ出し、あっという間に大阪中の人が美味しいものを求めて鶴橋の存在を確認した。

「美味いもんは美味い！」その一言が、長く続いた差別崩壊の鍵になるとは誰も予想してなかっただろう。焼肉屋の経営者達も「お客さんやから、まぁ食べて」という感覚で来る者は拒まなかっただけに違いない。それが町を、文化を認めさせるきっかけになったわけだ。

今、鶴橋はあきらかに大阪人の神々のひとつに数えられる。あの町なくして大阪の食文化は語れないし、観光コースから外されることはない。みんなの認める神様である。うちの若い劇団員なんて「いつか鶴橋の焼肉を腹一杯食いたい！　普通の安い焼肉屋じゃない、本物の焼肉を食うまで俺は芝居をやめません！」と言う。周りが「お前なんか、鶴橋に行っても入れてくれる店ないわ」と冗談を言う。

また、うちの衣装の生地は鶴橋のチョゴリの店で調達している。色の美しさといい、仕事の丁寧さといい、チョゴリの生地は舞台衣装にかかせない魅力があるからだ。私達が買いに行くと店のアボジに「また芝居やるの？　儲からんこと一生懸命やって、あほやなぁ」と笑われる。

大阪人にとっても役者にとっても、鶴橋はすでに聖地だ。まだまだ問題を残しているのだろうが、時代は確実に見えない壁に穴をあけ、崩しつつある。

だからこそもう一度ここに書いておきたい。そこに昔、悲しい思いをした人が住んでいたこと。民族の衝突は忘れるのではなく乗り越えるものでなくてはならないことを。

ワールドカップの影響で、今後はもっともっと壁が崩れていくだろう。その時、韓国人が何を越えてきたか、自分達が何を越えていくかを知っていないといけないはずだ。

こういうことを書くと、よく知らないお前がえらそうに言うなと怒る人もいるだろう。

だが知ってる事実からしか行動できないのも人間なのだ。

私は大阪の神様である韓国人街に、裏の顔があることを知ってる範囲で書いたまでのことだ。忘れたくない裏の顔を。

# その二十二◎私の神様

突然だが、私は本来役者である。よく作家だとか、関西じゃタレントだとか思われがちなのだが、小劇場の役者が本職だ。

「なにそれ？」と、この『小説すばる』をお読みの文学中年のあなたはお思いだろう。今から説明する。いやさせて下さいませ。

小劇場というのは劇団を分類する言葉だ。大阪では一九八〇年代の中盤から九〇年代の後半にかけて出来た小さな劇場で芝居する劇団のことをそう言う。判りやすくいうなら「歌舞伎」とか「新劇」「アングラ」などと時代ごとに分かれてる一番下っ端が「小劇場」である。思想の分類ではないので、単にその時期に劇団作ったらそう呼ばれてたというのが本当のところだ。

私がそう言ってもあんまり説得力はないが、東京の小劇場出身者には有名人も多い。野田秀樹とか、渡辺えり子とかがいる。ほら、なかなかでしょう？　関西で有名なのは生瀬《なませ》勝久《かつひさ》とか古田新太《ふるたあらた》……うーん升毅《ますたけし》……（知りませんかね？　まぁいいんですけど……友達なものでちょっと書いてみたかっただけです)。

で、この大阪の小劇場という狭い世界の中心地に、扇町ミュージアムスクエアという劇場があった。正確には今年いっぱいある。

ここはなんと大阪ガスの持ち物で、今から十七年前に会社のショールームだったところを改装して、若者の集まる場所として劇場経営を始めたのである。今思えばバブリーな頃だ。大阪ガスさんも「税金対策にちょっと文化に貢献してみますかな」くらいの軽い気持ちで始めたのだろう。

大阪にはそれまで小規模な劇場がひとつしかなかった。「オレンジルーム」という阪急のファッションビルの中にある劇場だったのだが、ビルの上だし、音漏れがひどくて、みんな「せめてもうひとつ劇場が在《あ》ったらなぁ」と嘆いていた。他にはミナミに「島ノ内教会」とまさしく教会をそのまま劇場に貸してくれるところがあったのだが、日曜にミサをするとか、新劇系の劇団が優先的に使うとかいろいろな条件があり、借りるのが困難だった(しかも牧師さんが代替わりして貸し小屋を辞めてしまったらしいので今は芝居の上演は見られない)。

そんなわけで二十年ほど前は東京から小規模な芝居が来ても上演するところがないので、無理に大きな劇場でやったりしてその良さが全然伝わらないのが常だったのである。

だから初めて東京で文学座のアトリエ公演や六本木の自由劇場を見たときは驚いたもの

だった。「こんなに小さな空間で、ギュウギュウ詰めの観客の前で芝居をする人達がいるなんて」と思うと、それだけで興奮した。その臨場感や迫力にただただ圧倒され、これが芝居かと初めて心から惹《ひ》かれたんである。

私は根っからのライブ派なので、影響されて芝居を勉強するために上京した。ちょうどその七〇年代の後半から八〇年代にかけて東京で小劇場ムーブメントが起きた。主要な町に客席が百人程度の劇場がどんどん増え、それに合わせて劇団が増えて行ったのだ。さっきの野田秀樹や渡辺えり子の率いてた劇団もそういう狭さの美学を堪能して育って行ったわけである。

で、そんな東京にいたのだが生活苦で大阪に戻るハメになった。やっぱり芝居は食えないというのが夢破れた原因だった。

ところが、帰ってみると大阪に劇場が出来てるのである。「なんや？　大阪にも小劇場があるやん」というわけである。それが扇町ミュージアムスクエアだった。東京に遅れること十年、ついに関西にも小劇場が出来たわけである。

扇町ミュージアムスクエア、略してＯＭＳ。

企業の持ち物なので敷地だけはやたら広く、中に小さな映画館とレストラン、若者の喜びそうな雑貨屋も入っていた。裏にはひろい駐車場もあり、劇場の二階には関西小劇場を代表していくことになる二つの劇団の稽古場があった。「南河内万歳一座」と「劇団☆新感線」だ。

私はここで作家の中島らもと二人で作った劇団「リリパットアーミー」を旗揚げした。そして九五年には自分のユニット「ラックシステム」もOMSで産声をあげさせてもらったんである。

八〇年代後半の大阪はなんか平和だった。阪神タイガースの優勝が気分的に数年間の明るさをもたらしていたし、世間はバブリーだったので芝居をやっていても何かしら仕事がきたんである。

「OMSで芝居やってる劇団さんやろ？　うちの会社、来年五十周年やねんけど、なんかイベントやってもらえへん？」

「小劇場？　なにそれ、お笑いさん？　ああ、劇団やってるの。なんでもええわ、ラジオのCM読む仕事やれへん？」

「小劇場の人ってギャラ安いんやろう？　助かるわ。グロスで二百万出すから芝居作ってくれへん？　ホテルでミステリーナイトやろうと思ってるねん」

こんな具合で、みんな芝居以外のお金がもらえる仕事になんとなくありついた。東京で食い詰めた私には信じられない状況だったが、そういってる私自身もラジオに出たり、コント番組に出たりし始めた。役者がそれに付随した仕事で食っていけるかもしれないと夢を見られる土地だった。

ＯＭＳはその中心地となっていった。実は場所的には梅田から十分ほど歩くので、けっして地の利がいい方ではなかった。だいたいせっかちな大阪人が歩いて十分もかかる劇場に足を運ぶという観念が当時はまったくなかったのだ。しかし、あまりにも人が集まるので自然と梅田の端っこという認識が持たれ、今ではみんなＯＭＳはキタの劇場と思っている。

私達はこの小劇場のメッカでのんびりと過ごして芝居を打っていた。劇場に行くと、上にいる他の劇団の子達が小道具を作っていたり、肉体訓練のために駐車場で走っていたりした。挨拶をしながら最近の情報を交換したり、スタッフの紹介をお互いにして交流を広めていった。

私はよく「劇団☆新感線」の稽古場に遊びに行った。公演前にはボロ雑巾のようになった劇団員の子達がみんな廊下や屋上で小道具を作りながら寝泊まりしていて、難破船の底みたいになっていた。そこに差し入れにいくと「うぉぉぉぉ」と叫び声をあげて役者が群がってきてパンやジュースを奪いあった。

新感線はいのうえひでのりという座長が「いのうえ歌舞伎」というものを作り上げ、ハードロックと歌舞伎を合体させたような派手な時代劇を得意としていた。今ではその当時ＯＭＳでやっていた芝居が商業演劇の世界に買われ、ジャニーズ系の綺麗な男の子や、歌舞伎の御曹司市川染五郎を主演にして新橋演舞場などで公演している。いのうえ君は日本一忙しい演出家のひとりに数えられているそうだ。ＯＭＳの周りをランニングしていた姿からは誰も想像もしなかっただろう。

怪優で知られる古田新太はその新感線の主演スターだったが、気さくないい奴で、酒飲みだった。

私は彼を弟分扱いしてよく殴った（今でも会えば意味なく殴ってますが）。彼は「もう、なにするねんっ、顔は俳優の宝やで」と冗談を言いながら顔を突き出してきたりもした。当時はまだラーメン屋でバイトしていて、「食べに来てずっと店に居《お》って。そしたら他のお客が座るとこないから入ってけぇへんし。俺仕事せんでもええから助かるわ」と妙な三段論法をまくし立てて友達をラーメン屋に座らせていた。

ほとんど家に帰らず稽古場に泊まっているので、私は時々ふらりと夜中にOMSに行った。日本酒を下げていくとたいてい何人かの役者が雑魚《ざこ》寝していて酒盛りになったものだった。彼らの大半が小劇場界の人気スターになり、東京ですました顔して芝居に出てるかと思うと、嬉しいやら恥ずかしいやらという気分になってくる。

うちの劇団もムチャクチャだった。だいたい本当の役者というのは私だけだった。中島らもは作家、あとはミュージシャンや落語家、漫画家、編集者、映画の製作会社の社員という職業人の集まりで、本気でやってるのかどうかさえ怪しい集団だった。

OMSの駐車場でご飯を炊いてて怒られた奴とか、セットの中で昼寝してて行方不明だと思われた人間や、暗転中に劇場の壁に激突して次のシーンに絆創膏《ばんそうこう》を貼ってた役者もいた。当時、座長だった中島らもは、冬の公演中に「景気付けや」とポケットウイスキーを舞台の袖《そで》で飲み、私に殴られた。

メンバーどうしの悪戯《いたずら》もよくあった。舞台化粧をするときのスポンジが高野《こうや》豆腐に似てるというので、桂吉朝という噺家《はなしか》がゴンチチのチチ松村の弁当の高野豆腐をスポンジと入れ替えたりもした。「なにするねんっ、ぼく高野豆腐大好きやのに、返せよ、ぼくの高野豆腐！」そう言いながら泣いていたチチ松村、大笑いしていた吉朝。二人とも今では立派な関西の文化人だ。

漫画家のひさうちみちおも、うちの劇団員だった。ピュアな人で、見に来てた客に舞台の上から「あ、どうも」と挨拶をしたこともある。旗揚げして三年ほどは劇団ではなくて、いけてないパフォーマンス集団だと思われていたらしい。そう言われても仕方ないようなメンバーだった。

しかしそんな私達だったが、OMSは自由にのびのびと育ててくれた。だいたい大阪ガスの持ち物なのに一度も「爆発シーンは控えてくれ」なんてことも言われたことがなかった。普通だったらそういう縛りもあって仕方ないところだが、そんな野暮なことも一度も言わないいい会社だ。

おかげで思う存分に戦争中の空襲や戦闘機の事故、ダイナマイトの爆発に地球の崩壊などのシーンを、思い切りの爆音量でスピーカーを震わせて表現させてもらった。

今年になって老朽化と赤字経営を理由に閉鎖するという発表があった時、私は同時に大阪の小劇場シーンが終わりを迎えるのだなと思った。

同時に「場」の重要性というものを思わずにいられなかった。そこに「場」というものがあるから人は集まる、そして文化は広がるのである。例えば家の近所に偶然フィットネスクラブができる、すると今まで興味がなかった人がスポーツを始めるようになる、すると今まで見なかったテレビのスポーツニュースが好きになる、するとサッカーのワールドカップに夢中になる、すると四年後にあるドイツの大会に行きたくなる、すると海外旅行が身近に感じられるようになる、すると……これが「場」というものの力だ。なにかのきっかけを与えてくれて人生を豊かにしてくれるのが「場」というものである。

私は今、関西小劇場界で生きている。狭い世界だがそこから発信したおかげでこうやって物を書く仕事もするようになったし、他の仕事にも携わることができるようになった。よその劇団の脚本や演出もするようになった。東京に住んでいたあの二十代の前半、食うや食わずで挫折《ざせつ》して大阪に戻ってきたあの日、二十年経って自分が芝居で食えていることなんて想像したこともなかったが、確かに私は食えるようになった。

それはOMSという「場」があり、そこに芝居の神様が住んでいたからこそだった。私達の神様はもうすぐ居場所がなくなってしまう。その時、大阪はどうなるのだろう？　また狭い空間で芝居を見ることが出来なくなっていくのだろうか？　とても心配で寂しい。

# その二十三◎自分流

大阪人の本当の神様は実は自分自身である。誰に頼るでもない、まず自分というものがしっかりしてないといけない。これが当然である。教育も、就職も、商売も、結婚も、住む場所さえ自分流を通してなんぼということで、決して群れていては認められない。

東京の武家社会的風潮とよく比較されて、大阪の庶民主義といわれるが、それは徹底的に日本全体の主流からは外れている。大阪で育ったので最初は気がつかなかったが、外の視線からみるとなかなか手ごわい土地であることは間違いない。

昔は東京からサラリーマンが「大阪で新規開発できたら一人前」と単身赴任させられて来たそうだ。昭和四十年代に実家が下宿屋をやっていたので、うちにもそういう若いサラリーマンが何人か住んでいたのを覚えている。みんな一日中歩き回って、そりゃあ大変そうだった。

ある人はどこかの店に「半年通っておいで、ほんなら買《こ》うたげるわ」と言われ、半信半疑で通ったら本当に取引してもらったと大喜びしていた。彼には「信用」が付いたわけである。商売の鉄則はあくまでも良心的な態度、それを信用されて初めてその人が持ってくる商品を見るというところにある。

そんなわけだから大阪には学閥信仰というものがまるでない。恐ろしいことに東大や京大を出てても何も役に立たない。「へぇ、東大なん？　ようそんな大学行くなぁ」で終わってしまう。大学そのものに権威を感じない人が多いので仕方ないが、自分は行ってみたこともないのにバカにするという傾向がある。

私の知ってる東大出の新聞記者が大阪に赴任してきた時、「〇〇さん、東大出身ですか？　すごいですねぇ。なんか、賢そうなこと喋って下さいよ。なんでもええんですけど、難しい方程式とかなんか知ってることでよろしいから。東大出の人が言いそうなことやって下さいよ」と芸人のように扱われ、呆然《ぼうぜん》としたと言っていた。

「東大出身だからって、飲み屋で方程式なんか言えるか！」と彼は怒ったそうだが、大阪人はここで白けてしまい、しばらく「あいつは洒落の通じん奴」というレッテルを貼られてしまったそうだ。

学閥がものを言わない、個人の能力が幅を利かせるというのが大阪流だ。なんせサラリーマンの神様的存在と言われてる三人が、松下電器の松下幸之助、サントリーの鳥井信治郎、グリコの江崎利一である。いずれも大阪で裸一貫からスタートして企業を立ち上げた人達だ。彼らが大阪のサラリーマンの憧れの的なのだから、学閥が通じないのも無理はない。

だから関西で相手の出身校を聞いても無駄だ。話が進まないというか、名前が出てこないのである。例えば典型的な会話を想定してみると……

「○○さん、大学行きはったんですか？」

「大学？　行ったよ。一応な」

「どこに行きはったんですか？」

「京都の方や、しょうもないからほとんど行かんと遊んどったわ。四回生くらいから今の会社でバイト始めてなぁ、そのまま就職したんや。社長に学費もったいないから辞めてはよ来いって言われたわ」

「へぇ……京都のどこですか？」

「北の方や」

「僕、京都よう知らんのですわ。北って京大ですか？」

「あほ、そんな大そうなとこに行くか」

「ほなどこです？」

「もうええやないか」

この調子で、彼がどこの大学か知ることはなかなか出来ない。商売人にとっては少し有名な大学を出てしまうと、かえって会話の邪魔になるからである。

もし彼が同志社出身だったとしたら「同志社や」と答えたとたんにえらいことになる。先《ま》ず相手に「へぇ、頭良かったんや」と感心される。ここまではいいが、その後何かドジなことを言ったり、やったりする度に「もう、しっかりしてや、同志社出てるんちゃうん？」と話のネタにされるからである。

飲み屋などに行くと「ええ大学を出た男」はかっこうのネタだ。何かある度に「あいつ○○大出身やねんて、あほちゃうか！」という話になる。いい大学を出てあほよばわりもないとは思うが、事実そう言われて情けない思いをする人も多いようだ。

実はうちのマネージャーも同志社出身なのだが、何かしょうもないことを言う度にバイトの女の子に「あんた、ええ学校出たんちゃうん？　なんでそんなんなん？」と叱咤《しった》されている。ただでさえ学校派閥が軽視される大阪のしかも演劇関係の事務所なので、大学を出てること自体が「親に無駄金使わせて、のんびり大学行かせてもらったん？　ええご身分やなぁ」という非難の対象になるわけだ。

「大学なんか行かんと自分のやりたいことさっさとせな損」という意識は演劇界にも根強くある。学校派閥は軽視されるので、どこかの大学の出身者ばかりで出来てる劇団などは「あんまり言いたくないんやけど、うちの劇団○○大のサークルやってん」と恥ずかしそうだ。

よその土地では権威のありそうな警察なんかも大阪では「税金で食わせてやってるねんから働け」ということになり、政治家は「選んだって、税金払って食わせてやってるのに何もしやがらん」ということになるのだから少々偉いくらいでは何も起こらない。

そんな大阪なので、まず子供の頃から親に言われるのは「人に合わせるな、自分で考えろ」という言葉である。

子供の頃にありがちな「クラスの子が全員持ってるから、同じのが欲しい」なんてことを親にねだると、いきなり父親の雷が落ちる。

「あほか、クラスの子が持ってるから欲しいんか、自分に必要かちゃんと考えてから言えっ」と。

まぁこんなのは序の口だ。家によるが子供だって親にプレゼンをしなければならない時もある。例えばゲーム機が欲しかったら子供はそれを主張する。

「メッチャプレステ欲しいねん、メッチャ好きなゲームがあるねん。今度の誕生日は何もいらんから、クリスマスに買うて！」

「お父さん、あそこの電気屋行ったら、三万以上買うと一割キャッシュバックあるねんで」

「なぁ、日本橋《にっぽんばし》で買ったらソフト付いてくるで。お父さんの好きな将棋のゲームとかもたしかあったと思うけど」

大阪のノーマルな母親.
しっかり!
自分で.
よその子はよその子
あんたはあんたでしょ!!
自分がどう思ってるか
考えてごらん!!
学校の先生が言うて
すぐ信じたらあかんの!
先生かって間違う時も
あるねんから
ええね?
自分がした事
ちゃんと責任とる!
あんたがよ

まずこうやって子供は家で主張し続ける。で、やっと「しゃーないな」と認められるわけだが、今度はその親が店に行って交渉の番だ。誰よりも安く、あるいはおまけのたくさん付いた買い物を頑張ってする。子供のゲーム機を買うのにそこまで熱くならなくてもいいじゃん、と思う人もいるだろうが、それが大阪の親子の正しい姿なのだ。そうすることで親子は「誰よりも安い」とか、「他よりも得した」品を手にし、他人と違うものを買うことで満足感を得る。大阪では徹底的に自分流を通さなくては負けなんである。

主人の甥に今年七歳の男の子が居るのだが、彼などは典型的な大阪の少年である。欲しい物がはっきりしていて、クリスマスや誕生日に「何か買ってあげようか?」と聞いても「いらん、今欲しいもんない」と答えられて困るくらいである。

仕方がないからこっちは「じゃあ、次のお正月まで貯めとこか?」なんて聞く。彼はそれで満足そうだ。そして時々でかいものをゲットする。なかなかしたたかでいい子だ。

そのお兄ちゃんの九歳児の方はちょっとミーハーで、欲しい物があんまりなくても、オモチャ屋に連れて行かれると舞い上がって「あれも、これも」というパターンになる。それはそれで可愛いと思うのだが、親はいい顔をしない。

「あほや、こいつ。また目の前のもんに踊らされてるわ。出世せぇへんで」てな具合だ。

親なんだから、素直に喜んでる子供に水をさしてやるなよとも思うが、大阪人としては言いたい一言なのだろう。

学校の先生だってそうだ。進学の相談に行って、適当な学校を選んでくれなんて言ったら即説教である。「お前、自分が役に立たん人間になってもええんか？」などと言われ、徹底的に好き嫌いをはっきり言わされる。自分の意思がないものは何に対してもダメなのである。

私が高校生だった時に大学に行くか否かという話になった際もそうだった。担任は「絵が描きたかったら京都とかあるで」と言ったが「遠いから結構です。大阪でバイトとかもしてるんで、大阪のデザイン系の専門学校に行きます」と私は答えた。

当時は今ほど専門学校の需要もなかったし、大阪の仏教系の女子校からデザイン学校へ行く人間なんてそんなに多くはなかった。情報自体が少なかったようで先生も「そこ行ったら食えるんか？」と聞き返してきたくらいだった。

「先生、知らんの。大学行くより、デザイン学校行った方が絶対手に職つくねんで」と私が言うと、彼は笑顔になり「よーし！　ほな、行け！」と叫んだ。

大阪では「勉強はせんでもええ、頭のええ人間になれ」と言う人もいるくらいだ。学校なんぞに行ってる暇があったら商売の基本を学べということである。商売の勉強、それは人と付き合うことや、上手い自己主張の仕方、そしてなにより信用のされ方を学ぶことだ。そのためには当たり障りのないことばっかりではダメなんである。

そして大事なことは負けを認めることが出来る人間になること。自分流を通すということは責任を取るということでもある。

失敗した時に「あの仕事は、たしかに俺が言い出した。儲からへんかったんは俺のせいや。何が原因かよう考えるわ」という言葉をちゃんと言える人間。これが信用される最大のポイントだ。

子供がメチャクチャ欲しがったゲーム機にすぐ飽きてしまったら、親は絶対に突っ込む、「欲しいって言うから買うたったのに、使えへんねんやったら二度と買うたらん」と。そう言いだしたら大阪の親は本当にしばらく何もしてくれないので、子供だって反省する。

その反省が自分の責任にあることを認めなければ一人前ではないのだ。「上の命令だったから仕方ない」とか「俺は止めたんだけど」「○○ちゃんが使ってたから欲しかったけど、面白くない」なんて言い訳は許されない。自分の腹を切れないくらいなら、最初から人間やめとけという鉄則の下《もと》で自己主張が成り立ってるわけである。

なんて書くと大阪人はみんな格好いいみたいだが、日本では少数派もいいところだ。まず団体行動に向いてないんである。

旅行なんかに行って全員で同じ場所を観光するなんてことになったら大阪人はひとりもついてこない。「何時に集合か決めてくれたら勝手に行くわ」と誰かが言い出し、けっきょく全体の秩序が乱れに乱れる。

学校の先生も生徒を並ばせるだけで大変だし、家ではテレビの番組を見る正当性を全員が主張する。

芝居だってそうだ。東京の役者は演出家がダメを出したら大人しく聞いてくれるが、大阪の役者は「それは無理でっせ」と言い返してくる。

自分の人生の目的のためにさっさと脱サラする人も多いし、小さくても自分の店を持つという夢も昔から変わらない。恐ろしく自分流の主張だらけの街なんである。

ここで生まれ育ったから気にならないが、気の弱い人には向いてない土地かもしれない。

# その二十四◎私の起源

母の話を書く。彼女のことはたくさん書いてきたが、それでもネタの尽きない面白い人だ。この人がいたから私は大阪の地で生まれ育ち、大阪人となったのかと思うと書かずにはいられない。

芝居における役作りでも、一番肝心なのはその人物のバックボーンを知ることだ。その人の育った時代や、環境、両親のことがわかれば手がかりは広がる。私という人間が大阪人らしい大阪人になったのはうちの親なくしては語れないわけである。

なーんて偉そうなことを書きながら、実はうちの親は二人とも大阪人ではない。父は徳島出身。四国と大阪は海を挟んでのお向かいさんなので昔から行き来は多い。大阪人十人寄れば三人くらいは四国に親戚がいるくらいの確率はある。うちの旦那のお父さんも徳島県の人だ。

四国人は大阪人に比べてのんびりしている。自然に恵まれて育ったせいかもしれないが、あまりカンカンに怒る人はいない。徳島弁で「そうなのか？」というのを「ほうで？」と言うのだが、それをのんびり言われると体中の力が抜けてしまいそうになる。

それでも徳島県は大阪のテレビやラジオがほとんど入ることもあってか、言葉や認識がほぼ一致していることが多い。

近くても微妙に関西弁の発音が違う京都の人よりも、海は渡るがほぼ同じ発音で喋る徳島の人のほうが大阪に溶け込みやすいという一面もある。

一方、母は兵庫県の人だった。子供の頃は神戸で過ごし、一時京都でも育ったらしい。あまり詳しく言わないので知らないが、大阪に来たのは結婚してからのようである（と言っても戦前の話ですが）。

父が客船の船乗りだったので、船が着く港に近いところに住むことになったのがキッカケのようだ。当時の大阪は日本一の商業都市で活気に溢れていた。神戸や京都はそれに比べると少しのんびりしていたようで「大阪に住むんかぁ、なんやゴチャゴチャしてて嫌やなぁ」と彼女は思っていたという。

そんな父と母が住み着いたのが大阪は西区の九条《くじょう》という町だ。今でこそ大阪ドームやユニバーサル・スタジオ・ジャパンの近所で少しメジャーになってきたが、昔はものすっごい下町だった。

この大阪周辺の出身者二人が大阪に住むようになったことが私を大阪人らしく育てたといってもいい。普通の大阪の人だったら無視しがちな行事も、うちの親が大阪出身ではなかったので積極的に取り入れたのが原因だろう。

近所の神社のお祭りはもちろん、戎《えべ》っさん、天神祭、大阪城周辺、人形浄瑠璃、日本橋の電気街、北浜の洋食屋、宝塚歌劇、ミナミの繁華街、大阪港と、子供にしたらものすごい範囲のアクティングエリアを体験していたのも、彼らが面白がっていたからだと思う。子供を連れて行くふりをして自分達が観光してたのかもしれない。

父に至っては長年船に乗っていたので、大阪に根付いて住み始めたのは六十歳になってからだった。だから彼が珍しがってあっちこっちへ歩いて行くのに、私が連れて行かれて大阪の下町散策を自然に覚えたという感じである。

特に彼は当時まだあった遊郭へよく行った。ま、はっきり言って色事師であった。当時の西区の遊郭は古い格子作りの日本家屋が立ち並ぶ戦前の町そのものだった。そんな場所へ子供を連れて行くなよっと突っ込みたいところだが、今思えばいいものを見せてもらったもんだと感謝している。

余談になるが、父はそこの行きつけの店に私と犬を連れて行って、そのまま置いて来たことがあるらしい。

家に戻ったら母が「あの子らは？」と聞いたので思い出したとか。母が慌てて私を迎えに行くと、私のほうは置屋《おきや》さんでのんびり眠りこけ、犬はエサをもらってご機嫌に食べていたそうである。このエピソードで我が家がどんな環境だったか想像していただけるだろうか。

父にとって私は歳をとってから出来た娘だった。目の吊りあがった男の子みたいな顔をしてるのに「ふー子（父にはそう呼ばれてました）は世界一可愛い」とか「吉永小百合に似てる」とかアホな発言をして失笑をかうようなバカな親だった。

子供の頃はそんなふうに猫可愛がりしているだけという感じだったが、やがて私が絵を描くようになると一番喜んだ人でもあった。なんでも若い頃は画家になりたかったとかで、私の描いたしょうもない漫画を額に入れて飾ったりもしてくれた。

イタリア映画を教えてくれたのも父だ。ソフィア・ローレンのファンで『島の女』という映画を私に見せて「見てみぃ、この女の見本みたいな体、目、鼻、口！　大人になったらこういう歩き方せぇよ」と教育した。今なら「アホちゃうか親父！」と突っ込むところだ。

父は私にセックスアピールのある女に育って欲しかったようだ。

徳島出身だったので、阿波《あわ》踊りも好きだった。例の「えらいこっちゃ、えらいこっちゃ、よい、よい、よい、よ〜い」というリズムで踊る日本のラテンともいえるあれである。母がカンカンに怒ったりすると、父がいきなり阿波踊りを踊って逃げて行ったりするのも、うちの家では日常茶飯事だった。

私のどうしてもシリアスになりきれない陽気さは彼のああいう行動がルーツのような気

がする。

残念ながら私が十七歳の時に死んだので、父の影響はそれまでだ。人は「お父さん似やわ」と言うが、あそこまでアホではないと信じてるつもりだ。

そこへ行くと母の影響は私の二十代までのダークサイドを担《にな》っていた。母は陽気でいい加減な父に比べると真面目で、社会的な人だった。

学校に通わせることも無遅刻、無欠席でないと許せない人だったので、小学校の時は毎朝ものすごい勢いで起こされて外に放り出された。少々頭が痛いとか、風邪をひいてても「子供は学校へ行きなさい！」ってなものだ。母の決めたことで妥協はありえなかったのである。

私が一番になるのも好きだった。成績でも、運動でも、喧嘩《けんか》でもなんでもいい、一番になるとご機嫌で「ようやった、それでこそうちの子や」と言われた。熱血教育ママみたいな感じだったのである。

「都会で育ってるから」という理由だけで田舎の方によく連れて行かれた。「このままでは根性のない子になる」というわけのわからない理由だった。

「田舎の子が出来ることはなんでも出来なあかん、田植えも、蛙《かえる》釣りも、海に潜るんも、なんでも怖がってたら格好悪いで」

と、母独特の教育理念があって、私は夏休みごとにどこかへ連れて行かれるハメになった。父の田舎である四国で海水浴をし、砂浜を掘って遊び倒したり、兵庫県の親戚の家の近所の山を縦横無尽に走り回ったりもした。

それでも母は満足しなかった。出かけているなと思ってると、戻るなり「ふきちゃん（母は私をこう呼びます）ちょっと来なさい」と呼びつけ、いきなりムカデを見せたこともある。

「珍しいやろう、ムカデやで。大阪に住んでたら滅多に見られへんから捕まえて来てん。見てみぃ、綺麗な色やろう。触ったらあかんで嚙まれたら痒《かゆ》いから」

彼女は興奮してそう言い、ムカデを海苔《のり》の瓶に入れてしばらく飼っていた。私は心の中で「嚙まれたら痒いって……それって刺されたら死ぬんちゃうの？　だいたい、どうやって捕まえたん？」と突っ込んでたが、怖くて口には出せなかった。

剣道を習えと言い出したのも母だ。なんでも母のお父さん、つまり私の祖父が剣道の達人だったらしく、子供の頃から習うのが当たり前だというのである。大阪城内に大きな道場があり、近所なので通うのも簡単だった。

私は当時うちの家に住んでいた従兄達と一緒に剣道にも通うことになり、小学校時代を大いに「田舎風の男の子」として過ごしたのである。

ところが、中学になると一転して両親が女子校に入れた。毎日喧嘩ばっかりして女の子らしくないからというのだが、そっちがそう教育したんじゃないのか？　という感じではある。

母は「そろそろ、女の子らしいにならんとあかんしなぁ」と勝手なことをほざいて、さっさと私を西本願寺系のお寺が経営する女子校に放り込んだ。

昨日まで男の子と一緒だった私はパニックになった。しかし母はそれだけでは満足せずに「お茶とお花も習いに行く？」とか言い出した。おいおい、田舎も知らんとアカンって言うてたん誰やねん？　と言いたかった。

女子校に入ったことで私の人生は一変し、さっきも少し書いたように絵を描き始め、映画を見るようになり、芝居もやりだした。そう、体育会系から文化系の女の子に変身したんである。

「日本舞踊もやっとき、教えとくわ」母はそう言って、自分が踊れるものだから私に日舞の手ほどきもし始めた。

その頃聞いたのだが、彼女は結婚してからずっと子供が欲しくてしかたなかったらしい。しかし、結婚してすぐに戦争になり社会情勢が不安だったので諦めた。それからも父の仕事が船乗りだったこともあって、なかなか子供が出来なかったというのだ。だから本当だったら五人くらい産んでいろいろな育て方をしたかったのだが、私ひとり産むのが精一杯だった。

そこでしょうがないから全ての夢を私に集結させたというのである。まず小学校の頃は

★母は大の着物好きだ。
家が建つくらい買ったが…
今も買いつづけてる…。
私が急に死んだらな
呉服屋さんにだけは
払い残しないか
たしかめてなー

「男の子」として、それから中学校からは「女の子」として育てて、一挙両得の子育てを楽しんだというのだ。いい迷惑である。まず私に聞いてくれよ！　と言いたい。

しかし彼女の予定はその後狂いっぱなしだ。母は私に早く結婚させて孫を抱くのが夢だったようだが、そんな奇妙な育てられ方をしてまともに育つはずがない。

けっきょく私は今の仕事を選び、母は友達を引き連れて芝居を見に来たりするようになった。孫を教育する夢を諦めたのか、自分で人生をやり直すことに邁進《まいしん》している。

二十年程前から居合抜きを始め、知らない間に五段の腕前にもなっている。最近では老人ホームなどに慰問に行って剣舞を見せている。

「この間、敬老の日にも慰問に行ってんけど、よう考えたら慰問されてる方が年下やったわ。あははは」

と、八十歳になった彼女は高笑いしている。昔はちょっと体の弱いところもあったが、どういうわけか今は死ぬ気もないらしい。「膝が痛い」と老人らしいことを言い出して心配してると、ちょっと病院に行ったら治り自転車に乗ってすいすい走ってたりする。

彼女の熱さといい加減なミーハーさ、そしてタフな精神力が私のルーツだ。そして、今ではうちのオカンほど大阪のおばちゃんらしい人間はいないと思える。

最近は経済が凹《へこ》んでるとか、さすがにキツいという声も多い。しかしこの親に育てられたせいか、私にはどこか楽観的で熱い気持ちが強く、大阪人らしく生きてしまうのである。

いいことなのか、どうなのか。こういうのを大阪弁で「ゴジャゴジャ抜きでええやんか」と言うのだが。ええんやろうか？

## わかぎゑふ的

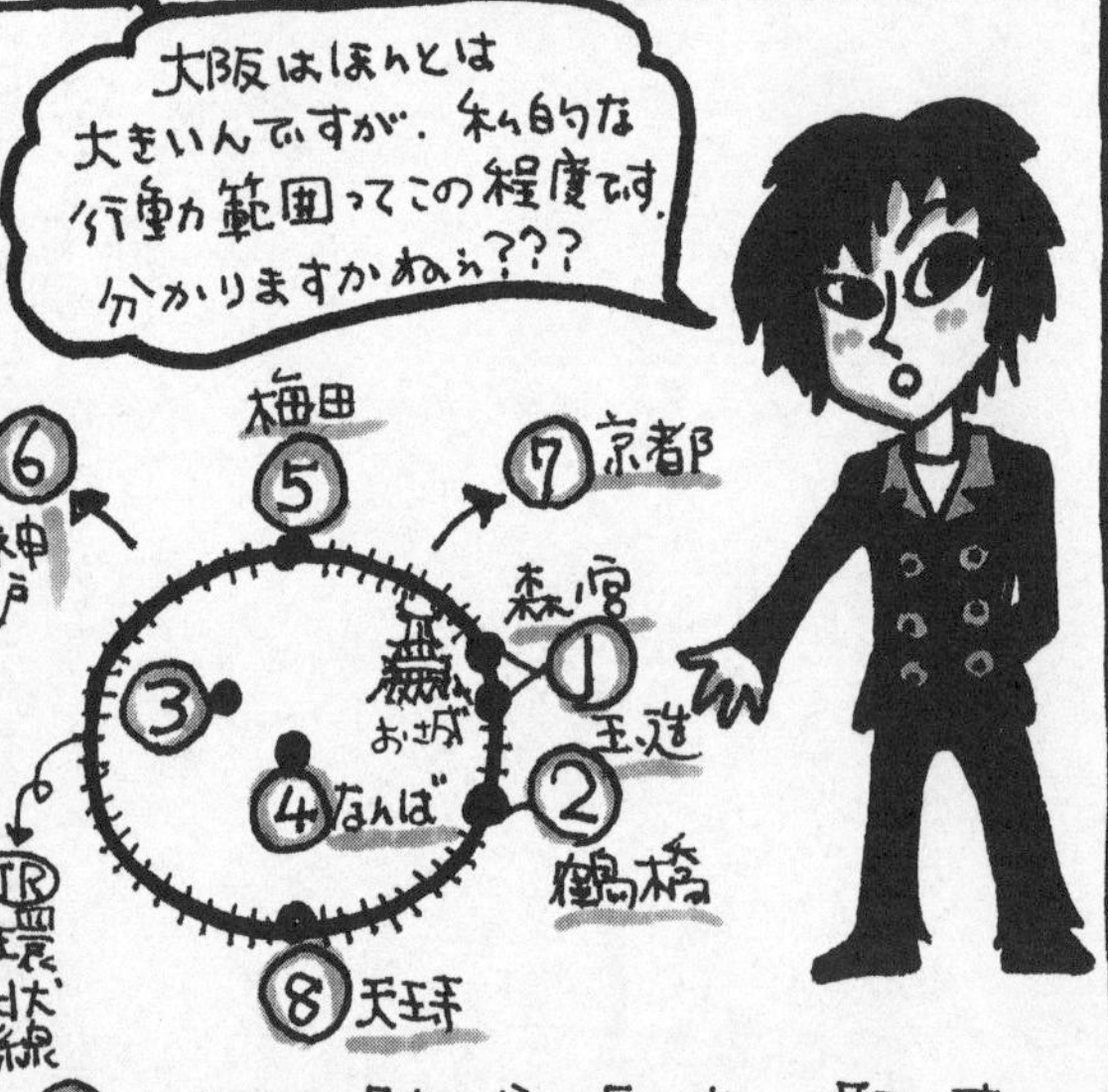


①がもよりの「森ノ宮」「玉造」の駅です。ものすっごい下町だけど古くて住みやすいとこです。
②はとなり町、鶴橋。有名なコリアンタウン。
③は大阪ドームのある所（そう私は近鉄ファンなのです）
④はミナミ。昔は南地と言ったそーで、古くから大阪の中心地。私が遊ぶのもほぼミナミ♡ ⑤はその反対にあるキタ、梅田です。⑥は神戸方面。うちの母のもってる家も明石です。⑦は京都方面 たま〜に遊びに行きますねー ⑧は天王寺。玉造の次に好きな町。

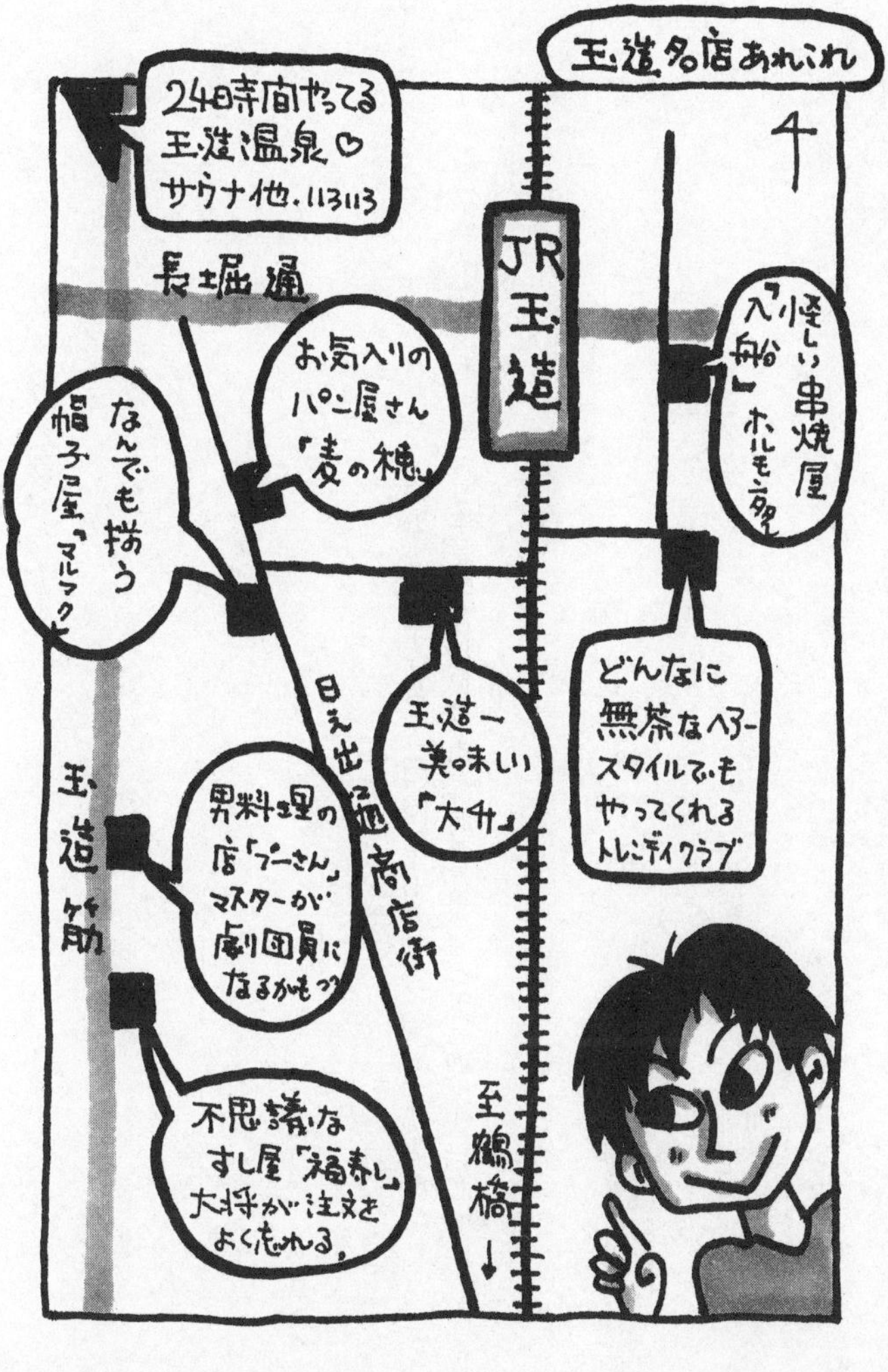

玉造名店あれこれ
24時間やってる
玉造温泉♡
サウナ他。113113
長堀通
JR玉造
怪しい串焼屋
「入船」
ホルモン多
お気入りの
パン屋さん
「麦の穂」
なんでも揃う
帽子屋「マルフク」
玉造一
美味しい
「大升」
どんなに
無茶なヘアー
スタイルでも
やってくれる
トレンディクラブ
日之出通商店街
玉造筋
男料理の
店「ブーさん」
マスターが
劇団員に
なるかもっ
不思議な
すし屋「福寿し」
大将が注文を
よく忘れる。
至鶴橋
↓

初出：「小説すばる」二〇〇一年七月号〜二〇〇三年六月号
日本音楽著作権協会(出)許諾番号第〇三〇九二四七—三〇一号

本書は文庫オリジナル作品です。

わかぎゑふの本

集英社文庫

## OL放浪記

職種転々、48種！　世の中はたまらんこととアホなことのくり返し。役者だけでは食っていけず、さまざまな仕事を重ねてきた著者がツッコミ鋭く描く、爆笑人間模様。

## ばかのたば

かしこそうな人って、ばかです——。天然ボケ、母ばか、世渡りベタ、女王様ばかなど、著者の周辺の愛すべき〝ばか〟たちを分類し、優しい眼差しで分析したヒューマン・ウォッチング。

## それは言わない約束でしょ？

黙っていればカドが立たないものを、あ〜あ、言っちゃった！　無神経なお金持ちのお嬢様やケチケチ男たちを相手に、世間のタブーを破って言い放つ超ホンネ。爆笑人間観察エッセイ。

## 秘密の花園

同性の女性だってちょっとばかり「ギョッ」とするような語句が目次に並ぶ。著者が少女から女になっていく過程を、下半身の恥をさらしつつ赤裸々に綴るユーモアあふれるエッセイ。

## ばかちらし

女優、演出家、劇作家、そしてエッセイストとして活躍するわかぎゑふの周囲に生息する、多種多様なバカたち。そのバカっぷりを鋭い観察眼と愛ある筆致で描く爆笑エッセイ。

集英社文庫

## うわさの神仏
日本闇世界めぐり
加門　七海

祟る、出る!?　神社仏閣、オカルト、宗教が大好きな著者が突撃する、全国の怪しい現場とうわさの寺社。第一部オカルト談義、第二部恐怖の現地ルポ。怖くて笑える超異色エッセイ。

## うわさの神仏
其ノ二　あやし紀行
加門　七海

大好評に応え第2弾！　今回は東北から沖縄、台北まで、オカルト命の著者があやしいスポットを踏破。突撃精神はさらにパワーアップ、怖くて、笑えて、なごむ類まれな紀行エッセイ。

## ギャルに小判
酒井　順子

みんな好きなくせに、そうでもないフリしてる。でも、あればあるだけ、やっぱりシアワセ。お金ってそーゆーもの……。人気エッセイストがしみじみ語るお金の話あれこれ。

## トイレは小説より奇なり
酒井　順子

女性の個室滞在時間は？　使用するトイレットペーパーの適切な長さは？　誰もが気になる〝トイレ〟にまつわるウンチク話のあれこれ。表題作他、タメになってシミジミおかしいエッセイ2連発！

## モノ欲しい女
酒井　順子

ビューラー、マニキュア、あぶらとり紙に手帳。女性がこだわる小道具、大道具とりまぜ24点を、スルドク観察。モノにこだわる女の心理をキビシク分析するオモシロエッセイ。

## 世渡り作法術

酒井　順子

例えば、女友達と海外旅行に行きますか？　デートのとき携帯電話は切る？　車の助手席で眠ってもＯＫ？　イマドキの微妙なお作法を教授する、思わずニヤリの新・マナーブック。

## ももこのいきもの図鑑

さくら　ももこ

大好きな生きものたちとの思い出をやさしく鋭く愉快に綴ったオールカラーの爆笑エッセイ集。
英語版「Momoko's Illustrated Book of Living Things」

## もものかんづめ

さくら　ももこ

短大時代に体験した、存在意味不明な食品売り場でのアルバイト。たった2ヶ月間のＯＬ時代に遭遇した恐怖の歓迎会等々。さくらももこの原点を語る大ベストセラーの文庫化！（対談・土屋賢二）

## さるのこしかけ

さくら　ももこ

小学生時代の間抜けな思い出から、デビュー後のインド珍道中や痔との格闘まで。日本中を笑いの渦に巻き込んだあの爆笑エッセイ、待望の文庫化！　巻末に映画監督・周防正行さんとの対談を収録。

## たいのおかしら

さくら　ももこ

笑気ガスを使った虫歯治療への挑戦や、はじめて明かされる父ヒロシの半生など、トホホな出来事や懐かしい思い出がつまった、桃印エッセイ第3弾、ついに文庫で登場！（対談・三谷幸喜）

## トラちゃん 猫とネズミと金魚と小鳥と犬のお話

群　ようこ

飼い主をちゃんと見分ける金魚、迷いこんできた行儀のよい親子のネコ……。群家の一員として過ごした感情ゆたかなペットたち。彼らの表情やその珍事件をユーモラスに綴る。

## 姉の結婚

群　ようこ

ごく普通の男と普通に結婚した姉。当然のように波風がたち、ごく普通に破局がやってきた……。表題作他、ささやかな見栄を支えに、キッチリ明るく元気に生きる女たちの物語。

## でも女

群　ようこ

「でも……」「でも——」と、何でも欠点を見つけ否定する一流好みのオザワさん。そんな彼女がフツーの店での飲み会に行ったから大変！　表題作他、明るく描く女の友情物語9編。

## トラブル　クッキング

群　ようこ

レシピ通りに作ったのに、どうしてこうなるの？「餃子の怪」「御飯無情」「玉砕かきたま汁」ｅｔｃ．料理下手を返上しようと一念発起、料理に挑むがトラブルの連続！　思わず笑うクッキング・エッセイ。

## 働く女

群　ようこ

共感し、思わず吹き出し、ときには少々ホロ苦い。デパートの営業、古株ＯＬ、エステティシャン、女優、ラブホテル店長などなど、十人十色の働く女をリアルに描いた勇気の出る短編集。

集英社文庫

大阪《おおさか》の神々《かみがみ》

2003年8月25日　第1刷

定価はカバーに表示してあります。

著　者　わかぎゑふ

発行者　谷　山　尚　義

発行所　株式会社　集　英　社

東京都千代田区一ツ橋2—5—10
〒101-8050
電話　03（3230）6095（編集）
　　　03（3230）6393（販売）
　　　03（3230）6080（制作）

印　刷　凸版印刷株式会社

製　本　凸版印刷株式会社



ISBN4-08-747608-1 C0195